齐白石 绘

山和水都是墙，天和地都是墙，时间和空间都是墙，命运是无穷的限制，上帝的秘密是不尽的墙。

——史铁生

林徽因 绘

青菜、白菜、扁豆、毛豆角、黄瓜、菠菜等等，大多数是直接由城外担来而送到家门口的。雨后，韭菜叶上往往还带着雨时溅起的泥点。青菜摊子上的红红绿绿几乎有诗似的美丽。

——老舍

周作人 书法

看山头吐月，红盘乍涌，一霎间，清光四射，天空皎洁，四野无声，微闻犬吠，坐客无不悄然！

——梁实秋

陆小曼 绘

在雨天，牛乳色的轻雾给每件东西涂上一层淡影。这苍黑的枝干更显得黑了。雨住了的时候，有一两个蜗牛在上面悠然地爬着，散步似的从容，蜘蛛网上残留的雨滴，静静地发着光。

——季羡林

汪曾祺 绘

人不管走到哪一步，总得找点乐子，想一点办法，老是愁眉苦脸的，干吗呢！

——汪曾祺

孤独向我飞奔而来，我满心欢喜拥它入怀

我谨以此对抗孤独

史铁生 等著

光明日报出版社

图书在版编目（CIP）数据

我谨以此对抗孤独 / 史铁生等著 . -- 北京 : 光明日报出版社 , 2024.3

ISBN 978-7-5194-7804-9

Ⅰ . ①我… Ⅱ . ①史… Ⅲ . ①散文集—中国—当代 Ⅳ . ① I267

中国国家版本馆 CIP 数据核字 (2024) 第 043948 号

我谨以此对抗孤独

WO JIN YICI DUIKANG GUDU

著　　者：史铁生 等

责任编辑：谢香　孙　展　　　责任校对：徐　蔚

特约编辑：刘丽娜　　　责任印制：曹　净

封面设计：李果果

出版发行：光明日报出版社

地　　址：北京市西城区永安路 106 号，100050

电　　话：010-63169890（咨询），010-63131930（邮购）

传　　真：010-63131930

网　　址：http://book.gmw.cn

E - mail：gmrbcbs@gmw.cn

法律顾问：北京市兰台律师事务所龚柳方律师

印　　刷：河北朗祥印刷有限公司

装　　订：河北朗祥印刷有限公司

本书如有破损、缺页、装订错误，请与本社联系调换，电话：010-63131930

开　　本：146mm × 210mm　　　印　　张：8.5

字　　数：175 千字

版　　次：2024 年 3 月第 1 版

印　　次：2024 年 3 月第 1 次印刷

书　　号：ISBN 978-7-5194-7804-9

定　　价：49.80 元

目录

第一辑

无事此静坐，一日当两日

第二辑

人间烟火气，美食最治愈

第三辑 与草木为友，每一刻都是欢喜

第四辑 静观世间事，因果纷扰忙

第五辑 行走山河间，见众生，见自己

第六辑 我思故我在，心安即吾乡

第七辑 做一个旧梦，再饮一杯酒

第八辑 纵浪大化中，无妨大自在

第一辑

无事此静坐，一日当两日

看山头吐月，红盘乍涌，

一霎间，清光四射，

天空皎洁，四野无声，微闻犬吠，

坐客无不悄然！

雅舍

——梁实秋

到四川来，觉得此地人建造房屋最是经济。火烧过的砖，常常用来做柱子，孤零零地砌起四根砖柱，上面盖上一个木头架子，看上去瘦骨嶙嶙，单薄得可怜；但是顶上铺了瓦，四面编了竹篦墙，墙上敷了泥灰，远远地看过去，没有人能说不像是座房子。我现在住的“雅舍”正是这样一座典型的房子。不消说，这房子有砖柱，有竹篦墙，一切特点都应有尽有。讲到住房，我的经验不算少，什么“上支下摘”“前廊后厦”“一楼一底”“三上三下”“亭子间”“茅草棚”“琼楼玉宇”和“摩天大厦”，各式各样，我都尝试过。我不论住在哪里，只要住得稍久，对那房子便发生感情，非不得已我还舍不得搬。这“雅舍”，我初来时仅求其能蔽风雨，并不敢存奢望，现在住了两个多月，我的好感油然而生。虽然我已渐渐感觉它是并不能蔽风雨，因为有窗而无玻璃，风来则洞若凉亭，有瓦而空隙不少，雨来则渗如滴漏。纵然不能蔽风雨，“雅舍”还是自有它的个性。有个性就可爱。

“雅舍”的位置在半山腰，下距马路约有七八十层的土阶。前面是阡陌螺旋的稻田。再远望过去是几抹葱翠的远山，旁边有高粱地，有竹林，有水池，有粪坑，后面是荒僻的榛莽未除的土山坡。若说地点荒凉，则月明之夕，或风雨之日，亦常有客到。大抵好友不嫌路远，路远乃见情谊。客来则先爬几十级的土阶，进得屋来仍须上坡，因为屋内地板乃依山势而铺，一面高，一面低，坡度甚大，客来无不惊叹。我则久而安之，每日由书房走到饭厅是上坡，饭后鼓腹而出是下坡，亦不觉有大不便处。

“雅舍”共是六间，我居其二。篦墙不固，门窗不严，故我与邻人彼此均可互通声息。邻人轰饮作乐，咿唔诗章，喁喁细语，以及鼾声、喷嚏声、吮汤声、撕纸声、脱皮鞋声，均随时由门窗户壁的隙处荡漾而来，破我岑寂。入夜则鼠子瞰灯，才一合眼，鼠子便自由行动，或搬核桃在地板上顺坡而下，或吸灯油而推翻烛台，或攀援而上帐顶，或在门框桌脚上磨牙，使得人不得安枕。但是对于鼠子，我很惭愧地承认，我“没有法子”。“没有法子”一语是被外国人常常引用着的，以为这话最足代表中国人的懒惰隐忍的态度。其实我的对付鼠子并不懒惰。窗上糊纸，纸一戳就破；门户关紧，而相鼠有牙，一阵咬便是一个洞洞。试问还有什么法子？洋鬼子住到“雅舍”里，不也是“没有法子”？比鼠子更骚扰的是蚊子。“雅舍”的蚊风之盛，是我前所未见的。“聚蚊成雷”真有其事！每当黄昏时候，满屋里磕头碰脑的全是蚊子，又黑又大，骨骼都像是硬的。在别处蚊子早已肃清的时候，在“雅舍”则格外猖獗，来客偶不留心，则两腿伤处累累隆起如玉蜀黍，但是我仍安之。冬天一到，蚊子自然绝迹，明年夏天——谁知道我还是否住在“雅舍”！

“雅舍”最宜月夜——地势较高，得月较先。看山头吐月，红盘乍涌，一霎间，清光四射，天空皎洁，四野无声，微闻犬吠，坐客无不悄然！舍前有两株梨树，等到月升中天，清光从树间筛洒而下，地上阴影斑斓，此时尤为幽绝。直到兴阑人散，归房就寝，月光仍然逼进窗来，助我凄凉。细雨蒙蒙之际，“雅舍”亦复有趣。推窗展望，俨然米氏章法，若云若雾，一片弥漫。但若大雨滂沱，我就又惶悚不安了。屋顶湿印到处都有，起初如碗大，俄而扩大如盆，继则滴水乃不绝，终乃屋顶灰泥突然崩裂，如奇葩初绽，砉然一声而泥水下注，此刻满室狼藉，抢救无及。此种经验，已数见不鲜。

“雅舍”之陈设，只当得简朴二字，但洒扫拂拭，不使有纤尘。我非显要，故名公巨卿之照片不得入我室；我非牙医，故无博士文凭张挂壁间；我不业理发，故丝织西湖十景以及电影明星之照片亦均不能张我四壁。我有一几一椅一榻，酣睡写读，均已有着，我亦不复他求。但是陈设虽简，我却喜欢翻新布置。西人常常讥笑妇人喜欢变更桌椅位置，以为这是妇人天性喜变之一征。诬否且不论，我是喜欢改变的。中国旧式家庭，陈设千篇一律，正厅上是一条案，前面一张八仙桌，一边一把靠椅，两旁是两把靠椅夹一只茶几。我以为陈设宜求疏落参差之致，最忌排偶。“雅舍”所有，毫无新奇，但一物一事之安排布置俱不从俗。人入我室，即知此是我室。笠翁《闲情偶寄》之所论，正合我意。

“雅舍”非我所有，我仅是房客之一。但思“天地者万物之逆旅”，人生本来如寄，我住“雅舍”一日，“雅舍”即一日为我所有。即使此一日亦不能算是我有，至少此一日“雅舍”所能给予之苦辣酸甜，我实躬受亲尝。刘克庄词：“客舍似家家似寄。”我此时此刻卜居“雅舍”，“雅舍”即似我家。其实似家似寄，我亦分辨不清。

长日无俚，写作自遣，随想随写，不拘篇章，冠以“雅舍小品”四字，以示写作所在，且志因缘。

北京人的遛鸟

——汪曾祺

遛鸟的人是北京人里头起得最早的一拨。每天一清早，当公共汽车和电车首班车出动时，北京的许多园林以及郊外的一些地方空旷、林木繁茂的去处，就已经有很多人在遛鸟了。他们手里提着鸟笼，笼外罩着布罩，慢慢地散步，随时轻轻地把鸟笼前后摇晃着，这就是“遛鸟”。他们有的是步行来的，更多的是骑自行车来的。他们带来的鸟有的是两笼，多的可至八笼。如果带七八笼，就非骑车来不可了。车把上、后座，前后左右都是鸟笼，都安排得十分妥当。看到它们平稳地驶过通向密林的小路，是很有趣的——骑在车上的主人自然是十分潇洒自得，神清气朗。

养鸟本是清朝八旗子弟和太监们的爱好，“提笼架鸟”在过去是对游手好闲、不事生产的人的一种贬词。后来，这种爱好才传到一些辛苦忙碌的人中间，使他们能得到一些休息和安慰。我们常常可以在一个修鞋的、卖老豆腐的、钉马掌的摊前的小树上看到一笼鸟。这是他的伙伴。不过养鸟的还是以上岁数的较多，大都是从五十岁到八十岁的人，大部分是退休的职工，在职的稍少。近年在青年工人中也渐有养鸟的了。

北京人养的鸟的种类很多。大别起来，可以分为大鸟和小鸟两类。大鸟主要是画眉和百灵，小鸟主要是红子、黄鸟。

鸟为什么要“遛”？不遛不叫。鸟必须习惯于笼养，习惯于喧闹扰攘的环境。等到它习惯于与人相处时，它就会尽情鸣叫。这样的一段驯化，术语叫作“压”。一只生鸟，至少得“压”一年。

让鸟学叫，最直接的办法是听别的鸟叫，因此养鸟的人经常聚会在一起，把他们的鸟揭开罩，挂在相距不远的树上，此起彼歇地赛着叫，这叫作“会鸟儿”。养鸟人不但彼此很熟悉，而且对他们朋友的鸟的叫声也很熟悉。鸟应该向哪只鸟学叫，这得由鸟主人来决定。一只画眉或百灵，能叫出几种“玩意”，除了自己的叫声，能学山喜鹊、大喜鹊、伏天、苇乍子、麻雀打架、公鸡打架、猫叫、狗叫。

曾见一个养画眉的用一架录音机追逐一只布谷鸟，企图把它的叫声录下，好让他的画眉学。他追逐了五个早晨（北京布谷鸟是很少的），到底成功了。

鸟叫的音色是各色各样的。有的宽亮，有的窄高。有的鸟聪明，一学就会；有的笨，一辈子只能老实巴交地叫那么几声。有的鸟害羞，不肯轻易叫；有的鸟好胜，能不歇气地叫一个多小时！

养鸟主要是听叫，但也重相貌。大鸟主要要大，但也要大得匀称。画眉讲究“眉子”（眼外的白圈）清楚。百灵要大头，短嘴。养鸟人对于鸟自有一套非常精细的美学标准，而这种标准是他们共同承认的。

因此，鸟的身份悬殊极大。一只生鸟（画眉或百灵）值二三元人民币，甚至还要少；而一只长相俊秀能唱十几种“曲调”的值一百五十元，相当于一个熟练工人一个月的工资。

养鸟是很辛苦的。除了遛，预备鸟食也很费事。鸟一般要吃拌了鸡蛋黄的棒子面或小米面，牛肉——把牛肉焙干，碾成细末。经常还要吃“活食”——蚱蜢、蟋蟀、玉米虫。

养鸟人所重视的，除了鸟本身，便是鸟笼。鸟笼分圆笼、方笼两种。一般的鸟笼值一二十元，有的雕镂精细，近于“鬼工”，贵得令人咋舌。——有人不养鸟，专以搜集名贵鸟笼为乐。鸟笼里大有高低贵贱之分的是鸟食罐。一副雍正青花的鸟食罐，已成稀世的珍宝。

除了笼养听叫的鸟，北京人还有一种养在“架”上的鸟。所谓架，是一截树杈。养这类鸟的乐趣是训练它“打弹”，养鸟人把一个弹丸扔在空中，鸟会飞上去接住。有的一次飞起能接连接住两个。架养的鸟一般体大嘴硬，例如锡嘴和交嘴雀。所以，北京过去有“提笼架鸟”之说。

墙下短记

——史铁生

一些当时看去不太要紧的事却能长久扎根在记忆里。它们一向都在那儿安睡，偶尔醒一下，睁眼看看，见你忙着(升迁或者遁世)就又睡去，很多年里它们轻得仿佛不在。千百次机缘错过，终于一天又看见它们，看见时光把很多所谓人生大事消磨殆尽，而它们坚定不移固守在那儿，沉沉地有了无比的重量。比如一张旧日的照片，拍时并不经意，随手放在哪儿，多年中甚至不记得有它，可忽然一天整理旧物时碰见了它，拂去尘埃，竟会感到那是你的由来也是你的投奔；而很多郑重其事的留影，却已忘记是在哪儿和为了什么。

近些年我常记起一道墙，碎砖头垒的，风可以吹落砖缝间的细土。那道墙很长，至少在一个少年看来是很长，很长之后拐了弯，拐进一条更窄的小巷里去。小巷的拐角处有一盏街灯，紧挨着往前是一个院门，那里住过我少年时的一个同窗好友。叫他L吧。L和我能不能永远是好友，以及我们打完架后是否又言归于好，都不重要，重要的是我们一度形影不离，流动不居的生命有一段就由这友谊铺筑成。细密的小巷中，上学和放学的路上我们一起走，冬天和夏天，风声或蝉鸣，太阳到星空，十岁也许九岁的L曾对我说，他将来要娶班上一个(暂且叫她M的)女生做老婆。L转身问我："你呢，想和谁？"我准备不及，想想，觉得M确是漂亮。L说他还要挣很多钱。"干吗？""废话，那时你还花你爸的钱呀？"少年之间的情谊，想来莫过于我们那时的无猜无防了。

我曾把一件珍爱的东西送给L。一本连环画呢，还是一个什么玩具，已经记不清。可是有一天我们打了架，为什么打架也记不清了，但丝毫不忘的是：打完架，我又去找L要回了那件东西。

老实说，单我一个人是不敢去要的，或者也想不起去要。是几个当时也对L不大满意的伙伴指点我、怂恿我，拍着胸脯说他们甘愿随我一同前去讨还，再若犹豫就成了笨蛋兼而傻瓜。就去了。走过那道很长很熟悉的墙，夕阳正在上面灿烂地照耀，但在我的记忆里，走到L家的院门时，巷角的街灯已经昏黄地亮了。这只可理解为记忆在作怪。

站在那门前，我有点儿害怕，身旁的伙伴便极尽动员和鼓励，提醒我：倘掉头撤退，其卑鄙甚至超过投降。我不能推卸罪责给别人：跟L打架后，我为什么要把送给L东西的事告诉别人呢？指点和怂恿都因此发生。我走进院中去喊L，L出来，听我说明来意，愣着看一会儿我，让我到大门外等着。L背着他的母亲，从屋里拿出那件东西交在我手里，不说什么，就又走回屋去。结束总是非常简单，咔嚓一下就都过去。

我和几个同来的伙伴在巷角的街灯下分手，各自回家。他们看看我手上那件东西，好歹说一句“给他干吗”，声调和表情都失去来时的热度，失望甚或沮丧料想都不由于那件东西。

我贴近墙根独自往回走，那墙很长，很长而且荒凉，记忆在这儿又出了差误，好像还是街灯未亮、迎面的行人眉目不清的时候。晚风轻柔得让人无可抱怨，但魂魄仿佛被它吹离，飘起在黄昏中再消失进那道墙里去。捡根树枝，边走边在那墙上轻划，砖缝间的细土一股股地垂流……咔嚓一下所送走的，都扎根进记忆去酿制未来的问题。

那很可能是我对于墙的第一种印象。

随之，另一些墙也从睡中醒来。

几年前，有一天傍晚“散步”，我摇着轮椅走进童年时常于其间玩耍的一片胡同。其实一向都离它们不远，屡屡在其周围走过，匆忙得来不及进去看望。

记得那儿曾有一面红砖短墙，墙头插满锋利的碎玻璃碴儿，我们一群八九岁的孩子总去搅扰墙里那户人家的安宁，攀上一棵小树，扒着墙沿央告人家把我们的足球扔出来。那面墙应该说藏得很是隐蔽，在一条死巷里，但可惜那巷口的宽度很适合做我们的球门，巷口外的一片空地是我们的球场。球难免是要踢向球门的，倘临门一脚踢飞，十之八九便降落到那面墙里去。墙里是一户善良人家，飞来物在我们的央告下最多被扣押十分钟。但有一次，那足球学着篮球的样子准确投入墙内的面锅，待一群孩子又爬上小树去看时，雪白的面条热气腾腾全滚在煤灰里。正是所谓“三年困难时期”，足球事小，我们乘暮色抱头鼠窜。好几天后，我们由家长带领，以封闭“球场”为代价换回了那只足球。

条条小巷依旧，或者是更旧了。可能正是国庆期间，家家门上都插了国旗。变化不多，唯独那“球场”早被压在一家饭馆和一座公厕下面。“球门”对着饭馆的后墙，那户善良人家料必是安全得多了。

我摇着轮椅走街串巷，闲度国庆之夜。忽然又一面青灰色的墙叫我怦然心动，我知道，再往前去就是我的幼儿园了。青灰色的墙很高，里面有更高的树，树顶上曾有鸟窝，现在没了。到幼儿园去必要经过这墙下，一俟见了这面高墙，退步回家的希望即告断灭。那青灰色几近一种严酷的信号，令童年分泌恐怖。

这样的“条件反射”确立于一个盛夏的午后，之所以记得清楚，是因为那时的蝉鸣最为浩大。那个下午母亲要出长差，到很远的地方去。我最高的希望是她不去出差，最低的希望是我可以不去幼儿园，在家，不离开奶奶。但两份提案均遭否决，“据哭力争”亦不奏效。如今想来，母亲是要在远行之前给我立下严明的纪律。哭声不停，母亲无奈说带我出去走走。“不去幼儿园！”出门时我再次申明立场。母亲领我在街上走，沿途买些好吃的东西给我，形势虽然可疑，但看看走了这么久又不像是去幼儿园的路，牵着母亲的长裙心里略略地松坦。可是！好吃的东西刚在嘴里有了味道，迎头又来了那面青灰色高墙，才知道条条小路相通。虽立刻大哭，料已无济于事。但一迈进幼儿园的门槛，哭喊即自行停止，心里明白没了依靠，唯规规矩矩做个好孩子是得救的方略。幼儿园墙内，是必渡的一种“灾难”，抑或只因为这一个孩子天生地怯懦和多愁。

三年前我搬了家，隔窗相望就是一所幼儿园，常在清晨的懒睡中就听见孩子进园前的嘶嚎。我特意去那园门前看过，抗拒进园的孩子其壮烈都像宁死不屈，但一落入园墙便立刻吞下哭声，恐惧变成冤屈，泪眼望天，抱紧着对晚霞的期待。不见得有谁比我更能理解他们，但早早地对墙有一点感受，不是坏事。

我最记得母亲消失在那面青灰色高墙里的情景。她当然是绕过那面墙走上了远途的，但在我的印象里，她是走进那面墙里去了。没有门，但是母亲走进去了，在那些高高的树上蝉鸣浩大，在那些高高的树下母亲的身影很小，在我的恐惧里那儿即是远方。

坐在窗前，看远近峭壁一般林立的高墙和矮墙。我现在有很多时间看它们。有人的地方一定有墙。我们都在墙里。没有多少事可以放心到光天化日下去做。规规整整的高楼叫人想起图书馆的目录柜，只有上帝可以去拉开每一个小抽屉，查阅亿万种心灵秘史，看见破墙而出的梦想都在墙的封护中徘徊。还有死神按期来到，伸手进去，抓阄儿似的摸走几个。

我们有时千里迢迢——汽车呀，火车呀，飞机可别一头栽下来呀——只像是为了去找一处不见墙的地方：荒原、大海、林莽甚至沙漠。但未必就能逃脱。墙永久地在你心里，构筑恐惧，也牵动思念。一只“飞去来器”，从墙出发，又回到墙。你千里迢迢地去时，鲁滨逊正千里迢迢地回来。

哲学家先说是劳动创造了人，现在又说是语言创造了人。墙是否创造了人呢？语言和墙有着根本的相似：开不尽的门前是撞不尽的墙壁。结构呀，解构呀，后什么什么主义呀……啦啦啦，啦啦啦……游戏的热情永不可少，但我们仍在四壁的围阻中。把所有的墙都拆掉就不行吗？我坐在窗前用很多时间去幻想一种魔法。比如“啦啦啦，啦啦啦……”很灵验地念上一段咒语，唰啦一下墙都不见。怎样呢？料必大家一齐慌作一团(就像热油淋在蚁穴)，上哪儿的不知道要上哪儿了，干吗的忘记要干吗了，漫山遍野地捕食去和睡觉去吗？毕竟又嫌趣味不够，然后大家埋头细想，还是要砌墙。砌墙盖房，不单为避风雨，因为大家都有些秘密，其次当然还有一些钱财。秘密，不信你去慢慢推想，它是趣味的爹娘。

其实秘密就已经是墙了。肚皮和眼皮都是墙，假笑和伪哭都是墙，只因这样的墙嫌软嫌累，要弄些坚实耐久的来加密。就算这心灵之墙可以轻易拆除，但山和水都是墙，天和地都是墙，时间和空间都是墙，命运是无穷的限制，上帝的秘密是不尽的墙。真要把这秘密之墙也都拆除，虽然很像是由来已久的理想接近了实现，但是等着瞧吧，满地球都怕要因为失去趣味而响起昏昏欲睡的鼾声，梦话亦不知从何说起。

趣味是要紧而又要紧的。秘密要好好保存。

探秘的欲望终于要探到意义的墙下。

活得要有意义，这老生常谈倒是任什么主义也不能推翻。加上个“后”字也是白搭。比如爱情，她能被物欲拐走一时，但不信她能因此绝灭。“什么都没啥了不起”的日子是要到头的，“什么都不必介意”的舞步可能“潇洒”地跳去撞墙。撞墙不死，第二步就是抬头，那时见墙上有字，写着：哥们儿你要上哪儿呢，这到底是要干吗？于是躲也躲不开，意义找上了门，债主的风度。

意义的原因很可能是意义本身。干吗要有意义？干吗要有生命？干吗要有存在？干吗要有有？重量的原因是引力，引力的原因呢？又是重量。学物理的人告诉我：千万别把运动和能量，以及和时空分割开来理解。我随即得了启发：也千万别把人和意义分割开来理解。不是人有欲望，而是人即欲望。这欲望就是能量，是能量就是运动，是运动就走去前面或者未来。前面和未来都是什么和都是为什么？这必来的疑问使意义诞生，上帝便在第六天把人造成。上帝比靡菲斯特更有力量，任何魔法和咒语都不能把这一天的成就删除。在这一天以后所有的光阴里，你逃得开某种意义，但逃不开意义，如同你逃得开一次旅行但逃不开生命之旅。

你不是这种意义，就是那种意义。什么意义都不是，就掉进昆德拉所说的“生命不能承受之轻”。你是一个什么呢？生命算是个什么玩意儿呢？轻得称不出一点重量你可就要消失。我向L讨回那件东西，归途中的惶茫因年幼而无以名状，如今想来，分明就是为了一个“轻”字：珍宝转眼被处理成垃圾，一段生命轻得飘散了，没有了，以为是什么原来什么也不是，轻易、简单，灰飞烟灭。一段生命之轻，威胁了生命全面之重，惶茫往灵魂里渗透：是不是生命的所有段落都会落此下场啊？人的根本恐惧就在这个“轻”字上，比如歧视和漠视，比如嘲笑，比如穷人手里作废的股票，比如失恋和死亡。轻，最是可怕。

要求意义就是要求生命的重量。各种重量。各种重量在撞墙之时被真正测量。但很多重量，在死神的秤盘上还是轻，秤砣平衡在荒诞的准星上。因而得有一种重量，你愿意为之生也愿意为之死，愿意为之累，愿意在它的引力下耗尽性命。不是强言不悔，是清醒地从命。神圣是上帝对心魂的测量，是心魂被确认的重量。死亡光临时有一个仪式，灰和土都好，看往日轻轻地蒸发，但能听见，有什么东西沉沉地还在。不期还在现实中，只望还在美丽的位置上。我与L的情谊，可否还在美丽的位置上沉沉地有着重量？

不要熄灭破墙而出的欲望，否则鼾声又起。

但要接受墙。

为了逃开墙，我曾走到过一面墙下。我家附近有一座荒废的古园，围墙残败但仍坚固，失魂落魄的那些岁月里我摇着轮椅走到它跟前。四处无人，寂静悠久，寂静的我和寂静的墙之间，膨胀和盛开着野花，膨胀和盛开着冤屈。我用拳头打墙，用石头砍它，对着它落泪、喃喃咒骂，但是它轻轻掉落一点灰尘再无所动。天不变道亦不变。老柏树千年一日伸展着枝叶，云在天上走，鸟在云里飞，风踏草丛，野草一代一代落子生根。我转而祈求墙，双手合十，创造一种祷词或谶语，出声地诵念，求它给我死，要么还给我能走的腿……睁开眼，伟大的墙还是伟大地矗立，墙下呆坐一个不被神明过问的人。空旷的夕阳走来园中，若是昏昏地睡去，梦里常掉进一眼枯井，井壁又高又滑，喊声在井里嗡嗡碰撞而已，没人能听见，井口上的风中也仍是寂静的冤屈。喊醒了，看看还是活着，喊声并没惊动谁，并不能惊动什么，墙上有青润的和干枯的苔藓，有蜘蛛细巧的网，死在半路的蜗牛身后拖一行鳞片似的脚印，有无名少年在那儿一遍遍记下的3.1415926……

在这墙下，某个冬夜，我见过一个老人。记忆和印象之间总要闹出一些麻烦：记忆说未必是在这墙下，但印象总是把记忆中的那个老人搬来，真切地在这墙下。雪后，月光朦胧，车轮吱吱叽叽轧着雪路，是园中唯一的声响。这么走着，听见一缕悠沉的箫声远远传来，在老柏树摇落的雪雾中似有似无，尚不能识别那曲调时已觉其悠沉之音恰好碰住我的心绪。侧耳屏息，听出是《苏武牧羊》。曲终，心里正有些凄怆，忽觉墙影里一动，才发现一个老人背壁盘腿端坐在石凳上，黑衣白发，有些玄虚。雪地和月光，安静得也似非凡。竹箫又响，还是那首流放绝地、哀而不死的咏颂。原来箫声并不传自远处，就在那老人唇边。也许是气力不济，也许是这古曲一路至今光阴坎坷，箫声若断若续并不高亢，老人颤颤的吐纳之声亦可悉闻。一曲又尽，老人把箫管轻横腿上，双手摊放膝头，看不清他是否闭目。我惊诧而至感激，一遍遍听那箫声和箫声断处的空寂，以为是天谕或是神来引领。

那夜的箫声和老人，多年在我心上，但猜不透其引领指向何处。仅仅让我活下去似乎用不着这样神秘。直到有一天我又跟那墙说话，才听出那夜箫声是唱着“接受”，接受天命的限制。(达摩的面壁是不是这样呢？)接受残缺。接受苦难。接受墙的存在。哭和喊都是要逃离它，怒和骂都是要逃离它，恭维和跪拜还是想逃离它。我常常去跟那墙谈话，对，说出声，默想不能逃离它时就出声地责问，也出声地请求、商量，所谓软硬兼施。但毫无作用，谈判必至破裂，我的一切条件它都不答应。墙，要你接受它，就这么一个意思反复申明，不卑不亢，直到你听见。直到你不是更多地问它，而是听它更多地问你，那谈话才称得上谈话。

我一直在写作，但一直觉得并不能写成什么，不管是作品还是作家还是主义。用笔和用电脑，都是对墙的谈话，是如衣食住行一样必做的事。搬家搬得终于离那座古园远了，不能随便就去，此前就料到会怎样想念它，不想最为思恋的竟是那四面矗立的围墙；年久无人过问，记得那墙头的残瓦间长大过几棵小树。但不管何时何地，一闭眼，即刻就到那墙下。寂静的墙和寂静的我之间，野花膨胀着花蕾，不尽的路途在不尽的墙间延展，有很多事要慢慢对它谈，随手记下谓之写作。

想北平

——老舍

设若让我写一本小说，以北平作背景，我不至于害怕，因为我可以捡着我知道的写，而躲开我所不知道的。但要让我把北平一一道来，我没办法。北平的地方那么大，事情那么多，我知道的真是太少了，虽然我生在那里，一直到二十七岁才离开。以名胜说，我没到过陶然亭，这多可笑！以此类推，我所知道的那点只是“我的北平”，而我的北平大概等于牛的一毛。

可是我真爱北平。这个爱几乎是想说而说不出的。我爱我的母亲。怎样爱？我说不出。在我想做一件事讨她老人家喜欢的时候，我独自微微地笑着；在我想到她的健康而不放心的时候，我欲落泪。言语是不够表现我的心情的，只有独自微笑或落泪才足以把内心揭露在外面一些来。我之爱北平也近乎这个。夸奖这个古城的某一点是容易的，可是那就把北平看得太小了。我所爱的北平不是枝枝节节的一些什么，而是整个儿与我的心灵相黏合的一段历史，一大块地方，多少风景名胜，从雨后什刹海的蜻蜓一直到我梦里的玉泉山的塔影，都积凑到一块，每一小的事件中有个我，我的每一思念中有个北平，这只有说不出而已。

真愿成为诗人，把一切好听好看的字都浸在自己的心血里，像杜鹃似的啼出北平的俊伟。啊！我不是诗人，我将永远道不出我的爱，一种像由音乐与图画所引起的爱。这不但辜负了北平，也对不住我自己，因为我的最初的知识与印象都得自北平，它是在我的血里，我的性格与脾气里有许多地方是这古城所赐给的。我不能爱上海与天津，因为我心中有个北平。可是我说不出来！

伦敦、巴黎、罗马与堪司坦丁堡，曾被称为欧洲的四大“历史的都城”。我知道一些伦敦的情形，巴黎与罗马只是到过而已，堪司坦丁堡根本没有去过。就伦敦、巴黎、罗马来说，巴黎更近似北平——虽然“近似”二字要拉扯得很远——不过，假使让我“家住巴黎”，我一定会和没有家一样地感到寂苦。巴黎，据我看，还太热闹。虽然那里也有空旷静寂的地方，可是又未免太旷，不像北平那样既复杂又有个边际，使我能摸着——那长着红酸枣的老城墙！面向着积水潭，背后是城墙，坐在石上看水中的小蝌蚪或苇叶上的嫩蜻蜓，我可以快乐地坐一天，心中完全安适，无所求也无可怕，像小儿安睡在摇篮里。是的，北平也有热闹的地方，但是它和太极拳相似，动中有静。巴黎有许多地方使人疲乏，所以咖啡与酒是必要的，以便刺激；在北平，有温和的香片茶就够了。

论说巴黎的布置已比伦敦罗马匀调得多了，可是比上北平来还差点事儿。北平在人为之中显出自然，几乎是什么地方既不挤得慌，又不太僻静：最小的胡同里的房子也有院子与树；最空旷的地方也离买卖街与住宅区不远。这种分配法可以算——在我的经验中——天下第一了。北平的好处不在处处设备得完全，而在它处处有空儿，可以使人自由地喘气；不在有好些美丽的建筑，而在建筑的四围都有空闲的地方，使它们成为美景。每一个城楼，每一个牌楼，都可以从老远就看见。况且在街上还可以看见北山与西山呢！

好学的，爱古物的，人们自然喜欢北平，因为这里书多古物多。我不好学，也没钱买古物，但我却喜爱北平的花多菜多果子多。花草是种费钱的玩艺，可是此地的“草花儿”很便宜，而且家家有院子，可以花不多的钱而种一院子花，即使算不了什么，可是到底可爱呀。墙上的牵牛，墙根的靠山竹与草茉莉，是多么省钱省事而也足以招来蝴蝶呀。至于青菜、白菜、扁豆、毛豆角、黄瓜、菠菜等等，大多数是直接由城外担来而送到家门口的。雨后，韭菜叶上往往还带着雨时溅起的泥点。青菜摊子上的红红绿绿几乎有诗似的美丽。果子有不少是由西山与北山来的，西山的沙果、海棠，北山的黑枣、柿子，进了城还带着一层白霜儿呀！哼，美国的橘子包着纸，遇到北平的带霜儿的玉李，还不愧杀！

是的，北平是个都城，而能有好多自己产生的花、菜、水果，这就使人更接近了自然。从它里面说，它没有像伦敦的那些成天冒烟的工厂；从外面说，它紧连着园林，菜圃与农村。采菊东篱下，在这里，确是可以悠然见南山的；大概把“南”字变个“西”或“北”，也没有多少了不得的吧。像我这样的一个贫寒的人，或者只有在北平能享受一点清福了。

好，不再说了吧；要落泪了，真想念北平呀！

苦雨

——周作人

伏园兄：

北京近日多雨，你在长安道上不知也遇到否，想必能增你旅行的许多佳趣。雨中旅行不一定是很愉快的，我以前在杭沪车上时常遇雨，每感困难，所以我于火车的雨不能感到什么兴味，但卧在乌篷船里，静听打篷的雨声，加上欸乃的橹声，以及“靠塘来，靠下去”的呼声，却是一种梦似的诗境。倘若更大胆一点，仰卧在脚划小船内，冒雨夜行，更显出水乡住民的风趣，虽然较为危险，一不小心，拙劣地转一个身，便要使船底朝天。二十多年前往东浦吊先父的保姆之丧，归途遇暴风雨，一叶扁舟在白鹅似的波浪中间滚过大树港，危险极也愉快极了。我大约还有好些“为鱼”时候——至少也是断发文身时候的脾气，对于水颇感到亲近，不过对北京的泥塘似的许多“海”实在不很满意，这样的水没有也并不怎么可惜。你往

"陕半天"去似乎要走好两天的准沙漠路，在那时候倘若遇见风雨，大约是很舒服的，遥想你胡坐骡车中，在大漠之上，大雨之下，喝着四打之内的汽水，悠然进行，可以算是"不亦快哉"之一。但这只是我的空想，如诗人的理想一样地靠不住，或者你在骡车中遇雨，很感困难，正在叫苦连天也未可知，这须等你回京后问你再说了。

我住在北京，遇见这几天的雨，却叫我十分难过。北京向来少雨，所以不但雨具不很完全，便是家屋构造，于防雨亦欠周密。除了真正富翁以外，很少用实垛砖墙，大抵只用泥墙抹灰敷衍了事。近来天气转变，南方酷寒而北方淫雨，因此两方面的建筑上都露出缺陷。一星期前的雨把后园的西墙淋坍，第二天就有"梁上君子"来摸索北房的铁丝窗，从次日起赶紧邀了七八位匠人，费两天工夫，从头改筑，已经成功十分八九，总算可以高枕而卧，前夜的雨却又将门口的南墙冲倒二三丈之谱。这回受惊的可不是我了，乃是川岛君"佢们"俩，因为"梁上君子"如再见光顾，一定是去躲在"佢们"的窗下窃听的了。为消除"佢们"的不安起见，一等天气晴正，急须大举地修筑，希望日子不至于很久，这几天只好暂时拜托川岛君的老弟费神代为警护罢了。

前天十足下了一夜的雨，使我夜里不知醒了几遍。北京除了偶然有人高兴放几个爆仗以外，夜里总还安静，那样哗啦哗啦的雨声在我的耳朵里已经不很听惯，所以时常被它惊醒，就是睡着也仿佛觉得耳边粘着面条似的东西，睡得很不痛快。还有一层，前天晚间据小孩们报告，前面院子里的积水已经离台阶不及一寸，夜里听着雨声，心里糊里糊涂地总是想水已上了台阶，浸入西边的书房里了。好容易到了早上五点钟，赤脚撑伞，跑到西屋一看，果然不出所料，水浸满了全屋，约有一寸深浅，这才叹了一口气，觉得放心了，倘若这样兴高采烈地跑去，一看却没有水，恐怕那时反觉得失望，没有现在那样的满足也说不定。幸而书籍都没有湿，虽然是没有什么价值的东西，但是湿成一饼一饼的纸糕，也很是不愉快。现今水虽已退，还留一种涨过大水后的普通的臭味，固然不能留客坐谈，就是自己也不能在那里写字，所以这封信是在里边炕桌上写的。

这回的大雨，只有两种人最喜欢。第一是小孩们。他们喜欢水，却极不容易得到，现在看见院子里成了河，便成群结队地去“蹚河”去。赤了足伸到水里去，实在很有点冷，但是他们不怕，下到水里还不肯上来。大人们见小孩玩得有趣，也一个两个地加入，但是成绩却不甚佳，那一天里滑倒了三个人，其中两个都是大人——其一为我的兄弟，其一是川岛君。第二种喜欢下雨的则为虾蟆。从前同小孩往高亮桥去钓鱼钓不着，只捉了好些虾蟆，有绿的，有花条的，拿回来都放在院子里，平常偶叫几声，在这几天里便整日叫唤，或者是荒年之兆，却极有田村的风味。有许多耳朵皮嫩的人，很恶喧嚣，如麻雀、虾蟆或蝉的叫声，凡足以妨碍他们的甜睡者，无一不深恶而痛绝之，大有欲灭此而午睡之意，我觉得大可以不必如此，随便听听都是很有趣味的，不但是这些久成诗料的东西，一切鸣声其实都可以听。虾蟆在水田里群叫，深夜静听，往往变成一种金属音，很是特别，又有时仿佛是狗叫，古人常称蛙蛤为吠，大约是从实验而来。我们院子里的虾蟆现在只见花条的一种，它的叫声更不漂亮，只是格格格这个叫法，可以说是革音，平常自一声至三声，不会更多，唯在下雨的早晨，听它一口气叫上十二三声，可见它是实在喜欢极了。

这一场大雨恐怕在乡下的穷朋友是很大的一个不幸，但是我不曾亲见，单靠想象是不中用的，所以我不去虚伪地代为悲叹了，倘若有人说这所记的只是个人的事情，于人生无益，我也承认，我本来只想说个人的私事，此外别无意思。今天太阳已经出来，傍晚可以出外去游嬉，这封信也就不再写下去了。

我本等着看你的秦游记，现在却由我先写给你看，这也可以算是“意表之外”的事罢。

闲居

——丰子恺

闲居，在生活上人都说是不幸的，但在情趣上我觉得是最快适的了。假如国民政府新定一条法律：“闲居必须整天禁锢在自己的房间里”，我也不愿出去干事，宁可闲居而被禁锢。

在房间里很可以自由取乐；如果把房间当作一幅画看的时候，其布置就如画的“置陈”了。譬如书房，主人的座位为全局的主眼，犹之一幅画中的middle point（中心点），须居全幅中最重要的地位。其他自书架、几、椅、藤床、火炉、壁饰、自鸣钟，以至痰盂、纸篦等，各以主眼为中心而布置，使全局的焦点集中于主人的座位，犹之画中的附属物、背景，均须有护卫主物、显衬主物的作用。这样妥帖之后，人在里面，精神自然安定、集中，而快适。这是谁都懂得，谁都可以自由取乐的事。虽然有的人不讲究自己的房间的布置，然走进一间布置很妥帖的房间，一定谁也觉得快适。这可见人都会鉴赏，鉴赏就是被动的创作，故可说这是谁也懂得，谁也可以自由取乐的事。

我在贫乏而粗末的自己的书房里，常常欢喜作这个玩意儿。把几件粗陋的家具搬来搬去，一月中总要搬数回。搬到痰盂不能移动一寸，脸盆架子不能旋转一度的时候，便有很妥帖的位置出现了。那时候我自己坐在主眼的座上，环视上下四周，君临一切。觉得一切都朝宗于我，一切都为我尽其职司，如百官之朝天，众星之拱北辰。就是墙上一只很小的钉，望去也似乎居相当的位置，对全体为有机的一员，对我尽专任的职司。我统御这个天下，想象南面王的气概，得到几天的快适。

有一次我闲居在自己的房间里，曾经对自鸣钟寻了一回开心。自鸣钟这个东西，在都会里差不多可说是无处不有，无人不备的了。然而它这张脸皮，我看惯了真讨厌得很。罗马字的还算好看；我房间里的一只，又是粗大的数学码子的。数学的九个字，我见了最头痛，谁愿意每天做数学呢！有一天，大概是闲日月中的闲日，我就从墙壁上请它下来，拿油画颜料把它的脸皮涂成天蓝色，在上面画几根绿的杨柳枝，又用硬的黑纸剪成两只飞燕，用糨糊粘住在两只针的尖头上。这样一来，就变成了两只燕子飞逐在杨柳中间的一幅圆额的油画了。凡在三点二十几分、八点三十几分等时候，画的构图就非常妥帖，因为两只飞燕适在全幅中稍偏的位置，而且追随在一块，画面就保住均衡了。辨识时间，没有数目字也是很容易的：针向上垂直为十二时，向下垂直为六时，向左水平为九时，向右水平为三时。这就是把圆周分为四个quarter（一刻钟），是肉眼也很容易办到的事。一个quarter里面平分为三格，就得长针五分钟的距离了，这不十分容易正确，然相差至多不过一两分钟，只要不是天文台、电报局或火车站里，人家家里上下一两分钟本来是不要紧的。倘眼睛锐利一点，看惯之后，其实半分钟也是可以分明辨出的。这自鸣钟现在还挂在我的房间里，虽然惯用之后不甚新颖了，然终不觉得讨厌，因为它在壁上不是显明的实用的一只自鸣钟，而可以冒充一幅油画。

除了空间以外，闲居的时候我又欢喜把一天的生活的情调来比方音乐。如果把一天的生活当作一个乐曲，其经过就像乐章（movement）的移行了。一天的早晨，晴雨如何？冷暖如何？人事的情形如何？犹之第一乐章的开始，先已奏出全曲的根柢的“主题”（theme）。一天的生活，例如事务的纷忙，意外的发生，祸福的临门，犹如曲中的长音阶（大音阶）变为短音阶（小音阶）的，C调变为F调，adagio（柔板）变为allegro（快板）。其或昼永人闲，平安无事，那就像始终C调的andante（行板）的长大的乐章了。以气候而论，春日是孟檀尔伸（门德尔松）（Mendelssohn），夏日是斐德芬（贝多芬）（Beethoven），秋日是晓邦（肖邦）（Chopin）、修芒（舒曼）（Schumann），冬日是修斐尔德（舒伯特）（Schubert）。这也是谁也可以感到，谁也可以懂得的事，试看无论什么机关里，团体里，做无论什么事务的人，在阴雨的天气，办事一定不及在晴天的起劲，高兴，积极。如果有不论天气，天天照常办事的人，这一定不是人，是一架机器。只要看挑到我们后门头来卖臭豆腐干的江北人，近来秋雨连日，他的叫声自然懒洋洋地低钝起来，远不如一月以前的炎阳下的“臭豆腐干！”的热辣了。

第二辑

人间烟火气，美食最治愈

外面有一层薄薄的脆壳，咬破了，

里面好像什么也没有，

一包清水，羊尾油已经化了。这东西只宜供佛，人不能吃，

因为太好吃了！

西施舌

——梁实秋

郁达夫一九三六年有《饮食男女在福州》一文，记西施舌云：

> 《闽小记》里所说西施舌，不知道是否指蚌肉而言，色白而腴，味脆且鲜，以鸡汤煮得适宜，长圆的蚌肉，实在是色香味形俱佳的神品。

案《闽小记》是清初周亮工宦游闽垣时所作的笔记。西施舌属于贝类，似蛏而小，似蛤而长，并不是蚌。产浅海泥沙中，故一名沙蛤。其壳约长十五公分，作长椭圆形，水管特长而色白，常伸出壳外，其状如舌，故名西施舌。

初到闽省的人，尝到西施舌，莫不惊为美味。其实西施舌并不限于闽省一地。以我所知，自津沽青岛以至闽台，凡浅海中皆产之。

清张焘《津门杂记》录诗一首咏西施舌：

灯火楼台一望开，放杯那惜倒金罍。

朝来饱啖西施舌，不负津门鼓棹来。

诗不见佳，但亦可见他的兴致不浅。

我第一次吃西施舌是在青岛顺兴楼席上，一大碗清汤，浮着一层尖尖的白白的东西，初不知为何物，主人曰是乃西施舌，含在口中有滑嫩柔软的感觉，尝试之下果然名不虚传，但觉未免唐突西施。高汤氽西施舌，盖仅取其舌状之水管部分。若郁达夫所谓“长圆的蚌肉”，显系整个的西施舌之软体全入釜中。现下台湾海鲜店所烹制之西施舌即是整个一块块软肉上桌，较之专取舌部，其精粗之差不可以道里计。郁氏盛誉西施舌之“色香味形”，整个的西施舌则形实不雅，岂不有负其名？

手把肉

——汪曾祺

内蒙古人从小吃惯羊肉，几天吃不上羊肉就会想得慌。蒙古族舞蹈家斯琴高娃（蒙古族女的叫斯琴高娃的很多，跟那仁花一样的普遍）到北京来，带着她的女儿。她的女儿对北京的饭菜吃不惯。我们请她在晋阳饭庄吃饭，这小姑娘对红烧海参、脆皮鱼……统统不感兴趣。我问她想吃什么，“羊肉！”我把服务员叫来，问他们这儿有没有羊肉，说只有酱羊肉。“酱羊肉也行，咸不咸？”“不咸。”端上来，是一盘羊腱子。小姑娘白嘴把一盘羊腱子都吃了。问她：“好吃不好吃？”“好吃！”她妈说：“这孩子！真是内蒙古人！她到北京几天，头一回说‘好吃’。”

内蒙古人非常好客，有人骑马在草原上漫游，什么也不带，只背了一条羊腿。日落黄昏，看见一个蒙古包，下马投宿。主人把他的羊腿解下来，随即杀羊。吃饱了，喝足了，和主人一家同宿在蒙古包里，酣然一觉。第二天主人送客上路，给他换了一条新的羊腿背上。这人在草原上走了一大圈，回家的时候还是背了一条羊腿，不过已经不知道换了多少次了。

“四人帮”肆虐时期，我们奉命，写一个剧本，搜集材料，曾经四下内蒙古。我在内蒙古学会了两句蒙古话。蒙古族同志说，会说这两句话就饿不着。一句是“不达一地”——要吃的；一句是“莫哈一的”——要吃肉。“莫哈”泛指一切肉，特指羊肉。（元杂剧有一出很特别，汉话和蒙古话掺和在一起唱。其中有一句是“莫哈整斤吞”，意思是整斤地吃羊肉。）果然，我从伊克昭盟到呼伦贝尔大草原，走了不少地方，吃了多次手把肉。

八九月是草原最美的时候。经过一夏天的雨水，草都长好了，草原一片碧绿。阿格长好了，灰背青长好了，阿格和灰背青是牲口最爱吃的草。草原上的草在我们看起来都是草，牧民却对每一种草都叫得出名字。草里有野葱、野韭菜（内蒙古人说他们那里的羊肉不膻，是因为羊吃野葱，自己把味解了）。到处开着五颜六色的花。羊这时也都上了膘了。

内蒙古的作家、干部爱在这时候下草原，体验生活，调查情况，也是为去“贴秋膘”。进了蒙古包，先喝奶茶。内蒙古的奶茶制法比较简单，不像西藏的酥油茶那样麻烦。只是用铁锅坐一锅水，水开后抓入一把茶叶，滚几滚，加牛奶，放一把盐，即得。我没有觉得有太大的特点，但喝惯了会上瘾的。

（内蒙古人一天也离不开奶茶。很多人早起不吃东西，喝两碗奶茶就去放羊。）摆了一桌子奶食，奶皮子、奶油（是稀的）、奶渣子……还有月饼、桃酥。客人喝着奶茶，蒙古包外已经支起大锅，坐上水，杀羊了。内蒙古人杀羊真是神速，不是用刀子捅死的，是掐断羊的主动脉。羊挣扎都不挣扎，就死了。马上开膛剥皮，工具只有一把比水果刀略大一点的折刀。一会儿的工夫，羊皮就剥下来，抱到稍远处晒着去了。看看杀羊的现场，连一滴血都不溅出，草还是干干净净的。

“手把肉”即白水煮切成大块的羊肉。一手“把”着一大块肉，用一柄蒙古刀自己割了吃。内蒙古人用刀子割肉真有功夫。一块肉吃完了，骨头上连一根肉丝都不剩。有小孩子割剔得不净，妈妈就会说：“吃干净了，别像那干部似的！”干部吃肉，不像牧民细心，也可能不大会使刀子。牧民对奶、对肉都有一种近似宗教情绪似的敬重，正如汉族的农民对粮食一样，糟蹋了，是罪过。吃手把肉过去是不预备佐料的，顶多放一碗盐水，蘸了吃。现在也有一点佐料，酱油、韭菜花之类。因为是现杀、现煮、现吃，所以非常鲜嫩。在我一生中吃过的各种做法的羊肉中，我以为手把羊肉第一。如果要我给它一个评语，我将毫不犹豫地说：无与伦比！

吃肉，一般是要喝酒的。内蒙古人极爱喝酒，而且几乎每饮必醉。我在呼和浩特听一个土默特旗的汉族干部说“骆驼见了柳，蒙古人见了酒”，意思就是走不动了——骆驼爱吃柳条。我以为这是一句现代俗话。偶读一本宋人笔记，见有“骆驼见柳，蒙古见酒”之说，可见宋代已有此谚语，已经流传几百年了。可惜我把这本笔记的书名忘了。宋朝的蒙古人喝的大概是武松喝的那种煮酒，不会是白酒——蒸馏酒。白酒是元朝的时候才从阿拉伯传进来的。

在达茂旗吃过一次“羊贝子”，即煮全羊。整只羊放在大锅里煮。据说内蒙古人吃只煮三十分钟，因为我们是汉族，怕太生了不敢吃，多煮了十五分钟。整羊，剁去四蹄，趴在一个大铜盘里。羊头已经切下来，但仍放在脖子后面的腔子上，上桌后再搬走。吃羊贝子有规矩，先由主客下刀，切下两条脖子后面的肉（相当于北京人所说的“上脑”部位），交叉斜搭在肩背上，然后其他客人才动刀，各自选取自己爱吃的部位。羊贝子真是够嫩的，一刀切下去，会有血水滋出来。同去的编剧、导演，有的望而生畏，有的浅尝即止，鄙人则吃了个不亦乐乎。羊肉越嫩越好。内蒙古人认为煮久了的羊肉不好消化，诚然诚然。我吃了一肚子半生的羊肉，太平无事。

内蒙古人真能吃肉。海拉尔有两位书记到北京东来顺吃涮羊肉，两个人要了十四盘肉，服务员问：“你们吃得完吗？”一个书记说：“前几天我们在呼伦贝尔，五个人吃了一只羊！”

内蒙古人不是只会吃手把肉，他们也会各种吃法。呼和浩特的烧羊腿，烂、嫩、鲜、入味。我尤其喜欢吃清蒸羊肉。我在四子王旗一家不大的饭馆中吃过一次“拔丝羊尾”。我吃过拔丝山药、拔丝土豆、拔丝苹果、拔丝香蕉，从来没听说过羊尾可以拔丝。外面有一层薄薄的脆壳，咬破了，里面好像什么也没有，一包清水，羊尾油已经化了。这东西只宜供佛，人不能吃，因为太好吃了！

我在新疆唐巴拉牧场吃过哈萨克族的手抓羊肉。做法与内蒙古的手把肉略似，也是大锅清水煮，但切的肉块较小，煮的时间稍长。肉熟后，下面条，然后装在大磁盘里端上来。下面是面，上面是肉。主人以刀把肉切成小块，客人以手抓肉及面同吃。吃之前，由一个孩子执铜壶注水于客人之手。客人手上浇水后不能向后甩，只能待其自干，否则即是对主人不敬。铜壶颈细而长，壶身镂花，有中亚风格。

北平的零食小贩

——梁实秋

北平人馋。馋，据字典说是“贪食也”，其实不只是贪食，是贪食各种美味之食。美味当前，固然馋涎欲滴，即使闲来无事，馋虫亦在咽喉中抓挠，迫切地需要一点什么以膏馋吻。三餐时固然希望膏粱罗列，任我下箸，三餐以外的时间也一样地想馋嚼，以锻炼其咀嚼筋。看鹭鸶的长颈都有一点羡慕，因为颈长可能享受更多的徐徐下咽之感，此之谓馋。“馋”字在外国语中无适当的字可以代替，所以讲到馋，真“不足为外人道”。有人说北平人之所以特别馋，是由于当年的八旗子弟游手好闲的太多，闲就要生事，在吃上打主意自然也是可以理解的。所以各式各样的零食小贩便应运而生，自晨至夜逡巡于大街小巷之中。

北平小贩的吆喝声是很特殊的。我不知道这与平剧有无关系，其抑扬顿挫，变化颇多，有的豪放如唱大花脸，有的沉闷如黑头，又有的清脆如生旦，在白昼给浩浩欲沸的市声平添不少情趣，在夜晚又给寂静的夜带来一些凄凉。细听小贩的呼声，则有直譬，有隐喻，有时竟像谜语一般地耐人寻味，而且他们的吆喝声，数十年如一日，不曾有过改变。我如今闭目沉思，北平零食小贩的呼声俨然在耳，一个个地如在目前。现在让我就记忆所及，细细数说。

首先让我提起“豆汁儿”。绿豆渣发酵后煮成稀汤，是为豆汁儿，淡草绿色而又微黄，味酸而又带一点霉味，稠稠的，浑浑的，热热的。佐以辣咸菜，即“棺材板”切细丝，加芹菜梗、辣椒丝或末。有时亦备较高级之酱菜，如酱萝卜、酱黄瓜之类，但反不如辣咸菜之可口。午后啜三两碗，愈吃愈辣，愈辣愈喝，愈喝愈热，终至大汗淋漓，舌尖麻木而止。北平城里人没有不嗜豆汁儿者，但一出城则豆渣只有喂猪的份，乡下人没有喝豆汁儿的。外省人居住北平二三十年往往不能养成喝豆汁儿的习惯。能喝豆汁儿的人才算是真正的北平人。

其次是“灌肠”。后门桥头那一家的大灌肠，是真的猪肠做的，遐迩驰名，但嫌油腻。小贩的灌肠虽有肠之名，实则并非是肠，仅具肠形，一条条的以芡粉为主所做成的橛子，切成不规则形的小片，放在平底大油锅上煎炸，炸得焦焦的，蘸蒜盐汁吃。据说那油不是普通油，是从作坊里从马肉等熬出来的油，所以有这一种怪味。单闻那种油味，能把人恶心死，但炸出来的灌肠，喷香！

从下午起有沿街叫卖“面筋哟！”者，你喊他时须喊“卖熏鱼儿的！”他来到你的门口打开他的背盒由你拣选时却主要的是猪头肉。除猪头肉的脸子、肉皮、口条之外还有脑子、肝、肠、苦肠、心头、蹄筋等等，外带着别有风味的干硬的火烧。刀口上手艺非凡，从夹板缝里抽出一把飞薄的刀，横着削切，把猪头肉切得薄如纸，塞在那火烧里食之，熏味扑鼻！这种卤味好像不能登大雅之堂，但是在煨煮熏制中有特殊的风味，离开北平便尝不到。

薄暮后有叫卖羊头肉者，刀板器皿刷洗得一尘不染，切羊脸子是他的拿手，切得真薄，从一只牛角里撒出一些特制的胡盐。北平的羊好，有浓厚的羊味，可又没有浓厚到膻的地步。

也有推着车子卖“烧羊脖子烧羊肉”的。烧羊肉是经过煮和炸两道手续的，除肉之外还有肚子和卤汤。在夏天佐以黄瓜、大蒜，是最好的下面之物。推车卖的不及街上羊肉铺所发售的，但慰情聊胜于无。

北平的“豆腐脑”，异于川湘的豆花，是哆里哆嗦的软嫩豆腐，上面浇一勺卤，再加蒜泥。

“老豆腐”另是一种东西，是把豆腐煮出了蜂窠，加芝麻酱、韭菜末、辣椒等佐料，热乎乎的连吃带喝亦颇有味。

北平人做“烫面饺”不算一回事，真是举重若轻、咄嗟立办。你喊“三十饺子”，不大的工夫就给你端上来了，一个个包得细长齐整、又俊又俏。

斜尖的炸豆腐，在花椒盐水里煮得泡泡的，有时再羼进几个粉丝做的炸丸子，放进一点辣椒酱，也算是一味很普通的零食。

馄饨何处无之？北平挑担卖馄饨的却有他的特点。馄饨本身没有什么异样，由筷子头拨一点肉馅，往三角皮子上一抹就是一个馄饨。特殊的是那一锅肉骨头熬的汤别有滋味，谁家里也不会把那么多的烂骨头煮那么久。

一清早卖点心的很多，最普通的是烧饼、油鬼。北平的烧饼主要的有四种：芝麻酱烧饼、螺丝转儿、马蹄、驴蹄，各有千秋。芝麻酱烧饼，外省仿造者都不像样，不是太薄就是太厚，不是太大就是太小，总是不够标准。螺丝转儿最好是和“甜浆粥”一起用，要夹小圆圈油鬼。马蹄儿只有薄薄的两层皮，宜加圆泡的甜油鬼。驴蹄儿又小又厚，不要油鬼做伴。北平油鬼，不叫油条，因为根本不做长条状，主要的只有两种，四个圆泡连在一起的是甜油鬼，小圆圈的油鬼是咸的，炸得特焦，夹在烧饼里，一按咔嚓一声。离开北平的人没有不想念那种油鬼的。外省的油条，虚泡囊肿，不够味，要求炸焦一点也不行。

“面茶”在别处没见过。真正的一锅糨糊，炒面熬的，盛在碗里之后，在上面用筷子蘸着芝麻酱洒满一层，唯恐洒得太多似的。味道好么？至少是很怪。

卖“三角馒头”的永远是山东老乡。打开蒸笼布，热腾腾的各样蒸食，如糖三角、混糖馒头、豆沙包、蒸饼、红枣蒸饼、高庄馒头，听你拣选。

“杏仁茶”是北平的好，因为杏仁出在北方，提味的是那少数几颗苦杏仁。

豆类做出的吃食可多了，首先要提“豌豆糕”。小孩子一听打糖锣的声音很少不怦然心动的。卖豌豆糕的人有一把手艺，他会把一块豌豆泥捏成为各式各样的东西，他可以听你的吩咐捏一把茶壶，壶盖、壶把、壶嘴俱全，中间灌上黑糖水，还可以一杯一杯地往外倒。规模大一点的是荷花盆，真有花有叶，盆里灌黑糖水。最简单的是用模型翻制小饼，用芝麻做馅。后来还有“仿膳”的伙计出来做这一行生意，善用豌豆泥制各式各样的点心，大八件、小八件，什么卷酥、喇嘛糕、枣泥饼、花糕，五颜六色，应有尽有，惟妙惟肖。

“豌豆黄”之下街卖者是粗的一种，制时未去皮，加红枣，切成三尖形矗立在案板上。实际上比铺子卖的较细的放在纸盒里的那种要有味得多。

“热芸豆”有红白二种，普通的吃法是用一块布挤成一个豆饼，可甜可咸。

“烂蚕豆”是俟蚕豆发芽后加五香、大料煮成的，烂到一挤即出。

“铁蚕豆”是把蚕豆炒熟，其干硬似铁。牙齿不牢者不敢轻试，但亦有酥皮者，较易嚼。

夏季雨后，照例有小孩提着竹篮，赤足蹚水而高呼“干香豌豆”，咸滋滋的也很好吃。

“豆腐丝”，粗糙如豆腐渣，但有人拌葱卷饼而食之。

“豆渣糕”是芸豆泥做的，作圆球形，蒸食，售者以竹筷插之，一插即是两颗，加糖及黑糖水食之。

“甑儿糕”是米面填木碗中蒸之，嗞嗞作响，顷刻而熟。

“江米藕”是老藕孔中填糯米，煮熟切片加糖而食之。挑子周围经常环绕着馋涎欲滴的小孩子。

北平的“酪”是一项特产，用牛奶凝冻而成，夏日用冰镇，凉香可口，讲究一点的酪在酪铺发售，沿街贩卖者亦不恶。

“白薯”（即南人所谓“红薯”），有三种吃法，初秋街上喊“栗子味儿的！”者是干煮白薯，细细小小的，一根根地放在车上卖。稍后喊“锅底儿热乎！”者为带汁的煮白薯，块头较大，亦较甜。此外是烤白薯。

“老玉米”（即玉蜀黍）初上市时，也有煮熟了在街上卖的。对于城市中人，这也是一种新鲜滋味。

沿街卖的“粽子”，包得又小又俏，有加枣的，有不加枣的，摆在盘子里齐整可爱。

北平没有汤圆，只有“元宵”，到了元宵季节，街上有叫卖煮元宵的。袁世凯称帝时，曾一度禁称元宵，因与“袁消”二字音同，改称汤圆，可嗤也。

糯米团子加豆沙馅，名曰“艾窝”或“艾窝窝”。

黄米面做的“切糕”，有加红豆的，有加红枣的，卖时切成斜块，插以竹签。

菱角是小的好，所以北平小贩卖的是小菱角，有生有熟，用剪去刺，当中剪开。很少卖大的红菱者。

“老鸡头”即芡实。生者为刺囊状，内含芡实数十颗，熟者则为圆硬粒，须敲碎食其核仁。

供儿童以糖果的，从前是“打糖锣的”，后又有卖“梨糕”的，此外如“吹糖人的”、卖“糖杂面的”，都经常徘徊于街头巷尾。

“扒糕”“凉粉”都是夏季平民食物，又酸又辣。

“驴肉”，听起来怪骇人的，其实切成大片瘦肉，也很好吃。是否有骆驼肉、马肉混在其中，我不敢说。

担着大铜茶壶满街跑的是卖“茶汤”的，用开水一冲，即可调成一碗茶汤，和铺子里的八宝茶汤或牛髓茶固不能比，但亦颇有味。

“油炸花生仁”是用马油炸的，特别酥脆。

北平“酸梅汤”之所以特别好，是因为使用冰糖，并加玫瑰、木樨、桂花之类。信远斋的最合标准，沿街叫卖的便徒有其名了，而且加上天然冰亦颇有碍卫生。卖酸梅汤的普通兼带“玻璃粉”及小瓶用玻璃球做盖的汽水。“果子干”也是重要的一项副业，用杏干、柿饼、鲜藕煮成。“玫瑰枣”也很好吃。

冬天卖“糖葫芦”，裹麦芽糖或糖稀的不太好，蘸冰糖的才好吃。各种原料皆可制糖葫芦，唯以“山里红”为正宗。其他如海棠、山药、山药豆、杏干、核桃、荸荠、橘子、葡萄、金橘等均佳。

北地苦寒，冬夜特别寂静，令人难忘的是那卖“水萝卜”的声音，“萝卜——赛梨——辣了换！”那红绿萝卜，多汁而甘脆，切得又好，对于北方煨在火炉旁边的人特别有沁人脾胃之效。这等萝卜，别处没有。

有一种内空而瘪小的花生，大概是拣选出来的不够标准的花生，炒焦了以后，其味特香，远在白胖的花生之上，名曰“抓空儿”，亦为冬夜的一种点缀。

夜深时往往听到沉闷而迟缓的“硬面饽饽”声，有光头、凸盖、镯子等，亦可充饥。

水果类则四季不绝地应世，诸如：三白的大西瓜、蛤蟆酥、羊角蜜、老头儿乐、鸭儿梨、小白梨、肖梨、糖梨、烂酸梨、沙果、苹果、虎拉车、杏、桃、李、山里红、柿子、黑枣、嘎嘎枣、老虎眼大酸枣、荸荠、海棠、葡萄、莲蓬、藕、樱桃、桑葚、槟子……不可胜举，都在沿门求售。

以上约略举说，只就记忆所及，挂漏必多。而且数十年来，北平也正在变动，有些小贩由式微而没落，也有些新的应运而生，比我长一辈的人所见所闻可能比我要丰富些，比我年轻的人可能遇到一些较新鲜而失去北平特色的事物。总而言之，北平是在向新颖而庸俗方面变，在零食小贩上即可窥见一斑。如今呢，胡尘涨宇，面目全非，这些小贩，还能保存一二与否，恐怕在不可知之数了。但愿我的回忆不是永远地成为回忆！

故乡的野菜

——周作人

我的故乡不止一个，我住过的地方都是故乡。故乡对于我并没有什么特别的情分，只因钓于斯游于斯的关系，朝夕会面，遂成相识，正如乡村里的邻舍一样，虽然不是亲属，别后有时也要想念到他。我在浙东住过十几年，南京东京都住过六年，这都是我的故乡；现在住在北京，于是北京就成了我的家乡了。

日前我的妻往西单市场买菜回来，说起有荠菜在那里卖着，我便想起浙东的事来。荠菜是浙东人春天常吃的野菜，乡间不必说，就是城里只要有后园的人家都可以随时采食，妇女小儿各拿一把剪刀一只“苗篮”，蹲在地上搜寻，是一种有趣味游戏的工作。那时小孩们唱道：“荠菜马兰头，姊姊嫁在后门头。”后来马兰头有乡人拿来进城售卖了，但荠菜还是一种野菜，须得自家去采。关于荠菜向来颇有风雅的传说，不过这似乎以吴地为主。《西湖游览志》云：“三月三日男女皆戴荠菜花。谚云：三春戴荠花，桃李羞繁华。”顾禄的《清嘉录》上亦说：“荠菜花俗呼野菜花，因谚有‘三月三蚂蚁上灶山’之语，三日人家皆以野菜花置灶陉上，以厌虫蚁。侵晨村童叫卖不绝。或妇女簪髻上以祈清目，俗号眼亮花。”但浙东人却不很理会这些事情，只是挑来做菜或炒年糕吃罢了。

黄花麦果通称鼠曲草，系菊科植物，叶小微圆互生，表面有白毛，花黄色，簇生梢头。春天采嫩叶，捣烂去汁，和粉做糕，称黄花麦果糕。小孩们有歌赞美之云：

“黄花麦果韧结结，
关得大门自要吃：
半块拿弗出，一块自要吃。”

清明前后扫墓时，有些人家——大约是保存古风的人家——用黄花麦果作供，但不作饼状，做成小颗如指顶大，或细条如小指，以五六个作一攒，名曰茧果，不知是什么意思，或因蚕上山时设祭，也用这种食品，故有是称，亦未可知。自从十二三岁时外出不参与外祖家扫墓以后，不复见过茧果，近来住在北京，也不再见黄花麦果的影子了。日本称作“御形”，与荠菜同为春的七草之一，也采来做点心用，状如艾饺，名曰“草饼”，春分前后多食之，在北京也有，但是吃去总是日本风味，不复是儿时的黄花麦果糕了。

扫墓时候所常吃的还有一种野菜，俗名草紫，通称紫云英。农人在收获后，播种田内，用作肥料，是一种很被贱视的植物，但采取嫩茎瀹食，味颇鲜美，似豌豆苗。花紫红色，数十亩接连不断，一片锦绣，如铺着华美的地毯，非常好看，而且花朵状若蝴蝶，又如鸡雏，尤为小孩所喜。间有白色的花，相传可以治痢，很是珍重，但不易得。日本《俳句大辞典》云：“此草与蒲公英同是习见的东西，从幼年时代便已熟识。在女人里边，不曾采过紫云英的人，恐未必有吧。”中国古来没有花环，但紫云英的花球却是小孩常玩的东西，这一层我还替那些小人们欣幸的，浙东扫墓用鼓吹，所以少年常随了乐音去看“上坟船里的姣姣”；没有钱的人家虽没有鼓吹，但是船头上篷窗下总露出些紫云英和杜鹃的花束，这也就是上坟船的确实的证据了。

贴秋膘

——汪曾祺

人到夏天，没有什么胃口，饭食清淡简单，芝麻酱面（过水，抓一把黄瓜丝，浇点花椒油）；烙两张葱花饼，熬点绿豆稀粥……两三个月下来，体重大都要减少一点。秋风一起，胃口大开，想吃点好的，增加一点营养，补偿补偿夏天的损失，北方人谓之“贴秋膘”。

北京人所谓“贴秋膘”有特殊的含意，即吃烤肉。

烤肉大概源于少数民族的吃法。日本人称烤羊肉为“成吉思汗料理”（青木正儿《中华腌菜谱》里提到），似乎这是蒙古族的东西。但我看《元朝秘史》，并没有看到烤肉。成吉思汗当然是吃羊肉的，《秘史》里几次提到他到了一个什么地方，吃了一只“双母乳的羊羔”。羊羔而是“双母乳”（两只母羊喂奶）的，想必十分肥嫩。一顿吃一只羊羔，这食量是够可以的。但似乎只是白煮，即便是烤，也会是整只地烤，不会像北京的烤肉一样。如果是北京的烤肉，他吃起来大概也不耐烦，觉得不过瘾。我去过内蒙古几次，也没有在草原上吃过烤肉。那么，这是不是蒙古族料理，颇可存疑。北京卖烤肉的，都是回族馆子。“烤肉宛”原来有齐白石写的一块小匾，写得明白：“清真烤肉宛。”这块匾是写在宣纸上的，嵌在镜框里，字写得很好，后面还加了两行注脚：“诸书无烤字，应人所请自我作古。”我曾写信问过语言文字学家朱德熙，是不是古代没有“烤”字，德熙复信说古代字书上确实没有这个字。看来“烤”字是近代人造出来的字了。这是不是回族的吃法？我到过回族同胞集中的兰州，到过新疆的乌鲁木齐、伊犁、吐鲁番，都没有见到如北京烤肉一样的烤肉。烤羊肉串是到处有的，但那是另外一种。北京的烤肉起源于何时，原是哪个民族的，已不可考。反正它已经在北京生根落户，成了北京“三烤”（烤肉、烤鸭、烤白薯）之一，是“北京吃儿”的代表作了。

北京烤肉是在“炙子”上烤的。“炙子”是一根一根铁条钉成的圆板，下面烧着大块的劈柴，松木或果木。羊肉切成薄片（也有烤牛肉的，少），由堂倌在大碗里拌好作料——酱油、香油、料酒、大量的香菜，加一点水，交给顾客，由顾客用长筷子平摊在炙子上烤。“炙子”的铁条之间有小缝，下面的柴烟火气可以从缝隙中透上来，不但整个“炙子”受火均匀，而且使烤着的肉带柴木清香；上面的汤卤肉屑又可填入缝中，增加了烤炙的焦香。过去吃烤肉都是自己烤。因为炙子颇高，只能站着烤，或一只脚踩在长凳上。大火烤着，外面的衣裳穿不住，大都脱得只穿一件衬衫。足蹬长凳，解衣磅礴，一边大口地吃肉，一边喝白酒，很有点剽悍豪霸之气。满屋子都是烤炙的肉香，这气氛就能使人增加三分胃口。平常食量，吃一斤烤肉，问题不大。吃斤半、二斤、二斤半的，有的是。自己烤，嫩一点，焦一点，可以随意。而且烤本身就是个乐趣。

北京烤肉有名的三家：烤肉季、烤肉宛、烤肉刘。烤肉宛在宣武门里，我住在国会街时，几步就到了，常去。有时懒得去等炙子（因为顾客多，炙子常不得空），就派一个孩子带个饭盒烤一饭盒，买几个烧饼，一家子一顿饭，就解决了。烤肉宛去吃过的名人很多。除了齐白石写的一块匾，还有张大千写的一块。梅兰芳题了一首诗，记得第一句是“宛家烤肉旧驰名”，字和诗当然是许姬传代笔。烤肉季在什刹海，烤肉刘在虎坊桥。

从前北京人有到野地里吃烤肉的风气。玉渊潭就是个吃烤肉的地方。一边看看野景，一边吃着烤肉，别是一番滋味。听玉渊潭附近的老住户说，过去一到秋天，老远就闻到烤肉香味。

北京现在还能吃到烤肉，但都改成由服务员代烤了端上来，那就没劲了。我没有去过。内蒙古也有“贴秋膘”的说法，我在呼和浩特就听到过。不过似乎只是汉族干部或说汉语的蒙古族干部这样说。蒙语有没有这说法，不知道。呼市的干部很愿意秋天“下去”考察工作或调查材料。别人就会说：“哪里是去考察、调查，是去‘贴秋膘’去了。”呼市干部所说“贴秋膘”是说下去吃羊肉去了。但不是去吃烤肉，而是去吃手把羊肉。到了草原，少不了要吃几顿羊肉。有客人来，杀一只羊，这在牧民实在不算什么。关于手把羊肉，我曾写过一篇文章，收入《蒲桥集》，兹不重述。那篇文章漏了一句很重要的话，即羊肉要秋天才好吃，大概要到阴历九月，羊才上膘，才肥。羊上了膘，人才可以去“贴”。

饮食男女在福州（节选）

——郁达夫

福州的食品，向来就很为外省人所赏识；前十余年在北平，说起私家的厨子，我们总同声一致地赞成刘崧生先生和林宗孟先生家里的蔬菜的可口。当时宣武门外的忠信堂正在流行，而这忠信堂的主人，就系旧日刘家的厨子，曾经做过清室的御厨房的。上海的小有天以及现在早已歇业了的消闲别墅，在粤菜还没有征服上海之先，也曾盛行过一时。面食里的伊府面，听说还是汀州伊墨卿太守的创作；太守住扬州日久，与袁子才也时相往来，可惜他没有像随园老人那么的好事，留下一本食谱来，教给我们以烹调之法；否则，这一个福建萨伐郎（Savarin）的荣誉，也早就可以驰名海外了。

福建菜之所以会这样著名，实际上却也实在是丰盛不过的原因，第一，当然是由于天然物产的富足。福建全省，东南并海，西北多山，所以山珍海味，一例的都贱如泥沙。听说沿海的居民，不必忧虑饥饿，大海潮回，只消上海滨去走走，就可以拾一篮海货来充作食品。又加以地气温暖，土质腴厚，森林蔬菜，随处都可以培植，随时都可以采撷。一年四季，笋类菜类，常是不断；野菜的味道，吃起来又比别处的来得鲜甜。福建既有了这样丰富的天产，再加上在外省各地游宦营商者的数目的众多，作料采从本地，烹制学自外方，五味调和，百珍并列，于是乎闽菜之名，就宣传在饕餮家的口上了。清初周亮工著的《闽小记》两卷，记述食品处独多，按理原也是应该的。

福州海味，在春三二月间，最流行而最肥美的，要算来自长乐的蚌肉，与海滨一带多有的蛎房。《闽小记》里所说的西施舌，不知是否指蚌肉而言；色白而腴，味脆且鲜，以鸡汤煮得适宜，长圆的蚌肉，实在是色香味俱佳的神品。听说从前有一位海军当局者，老母病剧，颇思乡味，远在千里外，欲得一蚌肉，以解死前一刻的渴慕。部长纯孝，就以飞机运蚌肉至都。从这一件轶事看来，也可想见这蚌肉的风味了。我这一回赶上福州，正及蚌肉上市的时候，所以红烧白煮，吃尽了几百个蚌，总算也是此生的豪举，特笔记此，聊志口福。

蛎房并不是福州独有的特产，但福建的蛎房，却比江浙沿海一带所产的，特别的肥嫩清洁。正二三月间，沿路的摊头店里，到处都堆满着这淡蓝色的水包肉。价钱的廉，味道的鲜，比到东坡在岭南所贪食的蚝，当然只会得超过。可惜苏公不曾到闽海去谪居，否则，阳羡之田，可以不买，苏氏子孙，或将永寓在三山二塔之下，也说不定。福州人叫蛎房作“地衣”，略带“挨”字的尾声，写起字来，我想只有“蜓”字，可以当得。

在清初的时候，江瑶柱似乎还没有现在那么通行，所以周亮工再三地称道，誉为逸品。在目下的福州，江瑶柱却并没有人提起了，鱼翅席上，缺少不得的，倒是一种类似宁波横脚蟹的蟳蟹，福州人叫作“新恩”，《闽小记》里所说的虎蟳，大约就是此物。据福州人说，蟳肉最滋补，也最容易消化，所以产妇、病人以及体弱的人，往往爱吃。但由对蟹类素无好感的我看来，却仍赞成周亮工之言，终觉得质粗味劣，远不及蚌与蛎房或香螺的来得干脆。

福州海味的种类，除上述的三种以外，原也很多很多；但是别地方也有，我们平常在上海也常常吃得到的东西，记下来也没有什么价值，所以不说。至于与海错相对的山珍哩，却更是可以干制、可以输出的东西，益发地没有记述的必要了，所以在这里只想说一说叫作肉燕的那一种奇异的包皮。

初到福州，打从大街小巷里走过，看见好些店家，都有一个大砧头摆在店中，一两位壮强的男子，拿了木槌，只在对着砧上的一大块猪肉，一下一下地死劲地敲。把猪肉这样乱敲乱打，究竟算什么回事？我每次看见，总觉得奇怪，后来向福州的朋友一打听，才知道这就是制肉燕的原料了。所谓肉燕者，将是将猪肉打得粉烂，和入面粉，然后再制成皮子，如包馄饨的外皮一样，用以来包制菜蔬的东西。听说这物事在福建，也只是福州独有的特产。

福州食品的味道，大抵重糖；有几家真正福州馆子里烧出来的鸡鸭四件，简直是同蜜饯的罐头一样，不杂入一粒盐花。因此福州人的牙齿，十人九坏。有一次去看三赛乐的闽剧，看见台上演戏的人，个个都是满口金黄；回头更向左右的观众一看，妇女子的嘴里也大半镶着全副的金色牙齿。于是天黄黄，地黄黄，弄得我这一向就痛恨金牙齿的偏执狂者，几乎想放声大哭，以为福州人故意在和我捣乱。

将这些脱嫌糖重的食味除起，若论到酒，则福州的那一种土黄酒，也还勉强可以喝得。周亮工所记的玉带春、梨花白、蓝家酒、碧霞酒、莲须白、河清、双夹、西施红、状元红等，我都不曾喝过，所以不敢品评。只有会城各处在卖的鸡老（酪）酒，颜色却和绍酒一样地红似琥珀，味道略苦，喝多了觉得头痛。听说这是以一生鸡，悬之酒中，等鸡肉鸡骨都化了后，然后开坛饮用的酒，自然也是越陈越好。福州酒店外面，都写“酒库”两字，发卖叫发扛，也是新奇得很的名称。以红糟酿的甜酒，味道有点像上海的甜白酒，不过颜色桃红，当是西施红等名目出处的由来。莆田的荔枝酒，颜色深红带黑，味甘甜如西班牙的宝德红葡萄，虽则名贵，但我却终不喜欢。福州一般宴客，喝的总还是绍兴花雕，价钱极贵，斤量又不足，而酒味也淡似沪杭各地，我觉得建庄终究不及京庄。

福州的水果花木，终年不断；橙柑、福橘、佛手、荔枝、龙眼、甘蔗、香蕉，以及茉莉、兰花、橄榄等都是全国闻名的品物；好事者且各有谱牒之著，我在这里，自然可以不说。

闽茶半出武夷，就是不是武夷之产，也往往借这名山为号召。铁罗汉、铁观音的两种，为茶中柳下惠，非红非绿，略带赭色；酒醉之后，喝它三杯两盏，头脑倒真能清醒一下。其他若龙团玉乳，大约名目总也不少，我不恋茶娇，终是俗客，深恐品评失当，贻笑大方，在这里只好轻轻放过。

从《闽小记》中的记载看来，番薯似乎还是福建人开始从南洋运来的代食品；其后因种植的便利，食味的甘美，就流传到内地去了；这植物传播到中国来的时代，只在三百年前，是明末清初的时候，因亮工所记如此，不晓得究竟是否确实。不过福建的米麦，向来就说不足，现在也须仰给于外省，但田稻倒又可以一年两植。而福州正式的酒席，大抵总不吃饭散场，因为菜太丰盛了，吃到后来，总已个个饱满，用不着再以饭颗来充腹之故。

饮食处的有名处所，城内为树春园、南轩、河上酒家、可然亭等。味和小吃，亦佳且廉；仓前的鸭面，南门兜的素菜与牛肉馆，鼓楼西的水饺子铺，都是各有长处的小吃处；久吃了自然不对，偶尔去一试，倒也别有风味。城外在南台的西菜馆，有嘉宾、西宴台、法大、西来，以及前临闽江、内设戏台的广聚楼等。洪山桥畔的义心楼，以吃形同比目鱼的贴沙鱼著名；仓前山的快乐林，以吃小盘西洋菜见称，这些当然又是菜馆中的别调。至如我所寄寓的青年会食堂，地方清洁宽广，中西菜也可以吃吃，只是不同耶稣的飨宴十二门徒一样，不许顾客醉饮葡萄酒浆，所以正式请客，大感不便。

……

我们从前没有居住过福建，心目中总只以为福建人种是一种蛮族。后来到了那里，和他们的文化一接触，才晓得他们虽则开化得较迟，但进步得却很快；又因为东南是海港的关系，中西文化的交流，也比中原僻地为频繁，所以闽南的有些都市，简直繁华摩登得可以同上海来争甲乙。及至观察稍深，一移目到了福州的女性，更觉得她们的美的水准，比苏杭的女子要高好几倍；而装饰的入时，身体的康健，比到苏州的小型女子，又得高强数倍都不止。

“天生丽质难自弃”，表露欲，装饰欲，原是女性的特嗜；而福州女子所有的这一种显示本能，似乎比什么地方的人还要强一点。因而天晴气爽，或岁时伏腊，有迎神赛会的关头，南大街，仓前山一带，完全是美妇人披露的画廊。眼睛个个是灵敏深黑的，鼻梁个个是细长高突的，皮肤个个是柔嫩雪白的；此外还要加上以最摩登的衣饰，与来自巴黎纽约的化妆品的香雾与红霞，你说这幅福州晴天午后的全景，美丽不美丽？迷人不迷人？

……

总之，福州的饮食男女，虽比别处稍觉得奢侈，而福州的社会状态，比别处也并不见得十分地堕落。说到两性的纵弛，人欲的横流，则与风土气候有关，次热带的境内，自然要比温带寒带为剧烈。而食品的丰富，女子一般姣美与健康，却是我们不曾到过福建的人所意想不到的发现。

第三辑

与草木为友，每一刻都是欢喜

点一把火，把蝈蝈往火里一倒，劈劈剥剥，熟了。
咬一口大腌萝卜，嚼半个烧蝈蝈，就馒头，香啊。
人不管走到哪一步，总得找点乐子，想一点办法，
老是愁眉苦脸的，干吗呢！

枸杞树

——季羡林

在不经意的时候，一转眼便会有一棵苍老的枸杞树的影子飘过。这使我困惑。最先是去追忆：什么地方我曾看见这样一棵苍老的枸杞树呢？是在某处的山里么？是在另一个地方的一个花园里么？但是，都不像。最后，我想到才到北平时住的那个公寓；于是我想到这棵苍老的枸杞树。

我现在还能很清晰地温习一些事情：我记得初次到北平时，在前门下了火车以后，这古老都市的影子，便像一个秤锤，沉重地压在我的心上。我迷惘地上了一辆洋车，跟着木屋似的电车向北跑。远处是红的墙，黄的瓦。我是初次看到电车的；我想，“电”不是很危险吗？后面的电车上的脚铃响了；我坐的洋车仍然在前面悠然地跑着。我感到焦急，同时，我的眼仍然“如入山阴道上，应接不暇”，我仍然看到，红的墙，黄的瓦。终于，在焦急、又因为初踏入一个新的境地而生的迷惘的心情下，折过了不知多少满填着黑土的小胡同以后，我被拖到西城的某一个公寓里去了。我仍然非常迷惘而有点近于慌张，眼前的一切都仿佛给一层轻烟笼罩起来似的，我看不清院子里的什么东西，我甚至也没有看清我住的小屋，黑夜跟着来了，我便糊里糊涂地睡下去，做了许许多多离奇古怪的梦。

虽然做了梦；但是却没有能睡得很熟，刚看到窗上有点发白，我就起来了。因为心比较安定了一点，我才开始看得清楚：我住的是北屋，屋前的小院里，有不算小的一缸荷花，四周错落地摆了几盆杂花。我记得很清楚：这些花里面有一棵仙人头，几天后，还开了很大的一朵白花，但是最惹我注意的，却是靠墙长着的一棵枸杞树，已经长得高过了屋檐，枝干苍老钩曲像千年的古松，树皮皱着，色是黝黑的，有几处已经开了裂。幼年在故乡里的时候，常听人说，枸杞是长得非常慢的，很难成为一棵树，现在居然有这样一棵虬干的老枸杞站在我面前，真像梦；梦又掣开了轻渺的网，我这是站在公寓里么？于是，我问公寓的主人，这枸杞有多大年龄了，他也渺茫：他初次来这里开公寓时，这树就是现在这样，三十年来，没有多少变动。这更使我惊奇，我用惊奇的太息的眼光注视着这苍老的枝干沉默着，又注视着接连着树顶的蓝蓝的长天。

就这样，我每天看书乏了，就总到这棵树底下徘徊。在细弱的枝条上，蜘蛛结了网，间或有一片树叶儿或苍蝇、蚊子之流的尸体粘在上面。在有太阳和灯火照上去的时候，这小小的网也会反射出细弱的清光来。倘若再走近一点，你又可以看到有许多叶上都爬着长长的绿色的虫子，在爬过的叶上留了半圆缺口。就在这有着缺口的叶片上，你可以看到各样的斑驳陆离的彩痕。对着这彩痕，你可以随便想到什么东西，想到地图，想到水彩画，想到被雨水冲过的墙上的残痕；再玄妙一点，想到宇宙，想到有着各种彩色的迷离的梦影。这许许多多的东西，都在这小的叶片上呈现给你。当你想到地图的时候，你可以任意指定一个小的黑点，算作你的故乡。再大一点的黑点，算作你曾游过的湖或山，你不是也可以在你心的深处浮起点温热的感觉么？这苍老的枸杞树就是我的宇宙。不，这叶片就是我的全宇宙。我替它把长长的绿色的虫子拿下来，摔在地上。对着它，我给自己描画种种涂着彩色的幻想，我把我的童稚的幻想，拴在这苍老的枝干上。

在雨天，牛乳色的轻雾给每件东西涂上一层淡影。这苍黑的枝干更显得黑了。雨住了的时候，有一两个蜗牛在上面悠然地爬着，散步似的从容，蜘蛛网上残留的雨滴，静静地发着光。一条虹从北屋的脊上伸展出去，像拱桥不知伸到什么地方去了。这枸杞的顶尖就正顶着这桥的中心。不知从什么地方来的阴影，渐渐地爬过了西墙，墙隅的蜘蛛网，树叶浓密的地方仿佛把这阴影捉住了一把似的，渐渐地黑起来。只剩了夕阳的余晖返照在这苍老的枸杞树的圆圆的顶上，淡红的一片，熠耀着，俨然如来佛头顶上金色的圆光。

以后，黄昏来了，一切角隅皆为黄昏占领了。我同几个朋友出去到西单一带散步。穿过了花市，晚香玉在薄暗里发着幽香。不知在什么时候，什么地方，我曾读过一句诗："黄昏里充满了木樨花的香。"我觉得很美丽。虽然我从来没有闻到过木樨花的香；虽然我明知道现在我闻到的是晚香玉的香。但是，我总觉得我到了那种缥缈的诗意的境界似的。在淡黄色的灯光下，我们摸索着转进了幽黑的小胡同，走回了公寓。这苍老的枸杞树只剩下了一团凄迷的影子，靠了北墙站着。

跟着来的是个长长的夜。我坐在窗前读着预备考试的功课。大头尖尾的绿色小虫，在糊了白纸的玻璃窗外有所寻觅似的撞击着。不一会儿，一个从缝里挤进来了，接着又一个，又一个，成群地围着灯飞。当我听到卖"玉米面饽饽"曳长的永远带点儿寒冷的声音，从远处的小巷里越过了墙飘了过来的时候，我便捻熄了灯，睡下去。于是又开始了同蚊子和臭虫的争斗。在静静的长夜里，忽然醒了，残梦仍然压在我心头，倘若我听到又有窸窣的声音在这棵苍老的枸杞树周围，我便知道外面又落了雨。我注视着这神秘的黑暗，我描画给自己：这枸杞树的苍黑的枝干该变黑了罢；那只蜗牛有所趋避该匆匆地在向隐僻处爬去罢；小小的圆的蜘蛛网，该又捉住雨滴了罢，这雨滴在黑夜里能不能静静地发着光呢？我做着天真的童话般的梦。我梦到了这棵苍老的枸杞树——这枸杞树也做梦么？第二天早上起来，外面真的还在下着雨。空气里充满了清新的沁人心脾的清香。荷叶上顶着珠子似的雨滴，蜘蛛网上也顶着，静静地发着光。

在如火如荼的盛夏转入初秋的澹远里去的时候，我这种诗意的又充满了稚气的生活，终于也不能继续下去。我离开这公寓，离开这苍老的枸杞树，移到清华园里来。到现在差不多四年了。这园子素来是以水木著名的。春天里，满园里怒放着红的花，远处看，红红的一片火焰。夏天里，垂柳拂着地，浓翠扑上人的眉头。红霞般的爬山虎给冷清的深秋涂上一层凄艳的色彩。冬天里，白雪又把这园子安排成为一个银的世界。在这四季，又都有西山的一层轻渺的紫气，给这园子添了不少的光辉。这一切颜色：红的，翠的，白的，紫的，混合地涂上了我的心，在我心里幻成一幅绚烂的彩画。我做着红色的，翠色的，白色的，紫色的，各样颜色的梦。论理说起来，我在西城的公寓做的童话般的梦，早该被挤到不知什么地方去了。但是，我自己也不了解，在不经意的时候，总有一棵苍老的枸杞树的影子飘过。飘过了春天的火焰似的红花；飘过了夏天的垂柳的浓翠；飘过了红霞似的爬山虎，一直到现在，是冬天，白雪正把这园子装成银的世界。混合了氤氲的西山的紫气，静定在我的心头。在一个浮动的幻影里，我仿佛看到：有夕阳的余晖返照在这棵苍老的枸杞树的圆圆的顶上，淡红的一片，熠耀着，像如来佛头顶上的金光。

鸟

——梁实秋

我爱鸟。

从前我常见提笼架鸟的人，清早在街上溜达（现在这样有闲的人少了）。我感觉兴味的不是那人的悠闲，却是那鸟的苦闷。胳膊上架着的鹰，有时头上蒙着一块皮子，羽翮不整地蜷伏着不动，哪里有半点瞵视昂藏的神气？笼子里的鸟更不用说，常年地关在栅栏里，饮啄倒是方便，冬天还有遮风的棉罩，十分地“优待”，但是如果想要“抟扶摇而直上”，便要撞头碰壁。鸟到了这种地步，我想它的苦闷，大概是仅次于黏在胶纸上的苍蝇，它的快乐，大概是仅优于在标本室里住着罢？

我开始欣赏鸟是在四川。黎明时，窗外是一片鸟啭，不是吱吱喳喳的麻雀，不是呱呱噪啼的乌鸦，那一片声音是清脆的，是嘹亮的，有的一声长叫，包括着六七个音阶，有的只是一个声音，圆润而不觉其单调，有时是独奏，有时是合唱，简直是一派和谐的交响乐。不知有多少个春天的早晨，这样的鸟声把我从梦境唤起。等到旭日高升，市声鼎沸，鸟就沉默了，不知到哪里去了。一直等到夜晚，才又听到杜鹃叫，由远叫到近，由近叫到远，一声急似一声，竟是凄绝的哀乐。客夜闻此，说不出的酸楚！

在白昼，听不到鸟鸣，但是看得见鸟的形体。世界上的生物，没有比鸟更俊俏的。多少样不知名的小鸟，在枝头跳跃，有的曳着长长的尾巴，有的翘着尖尖的长喙，有的是胸襟上带着一块照眼的颜色，有的是飞起来的时候才闪露一下斑斓的花彩。几乎没有例外的，鸟的身躯都是玲珑饱满的，细瘦而不干瘪，丰腴而不臃肿，真是减一分则太瘦，增一分则太肥那样的秾纤合度，跳荡得那样轻灵，脚上像是有弹簧。看它高踞枝头，临风顾盼——好锐利的喜悦刺上我的心头。不知是什么东西惊动它了，它倏地振翅飞去，它不回顾，它不悲哀，它像虹似的一下就消逝了，它留下的是无限的迷惘。有时候稻田里伫立着一只白鹭，拳着一条腿，缩着颈子，有时候“一行白鹭上青天”，背后还衬着黛青的山色和釉绿的梯田。就是抓小鸡的鸢鹰，啾啾地叫着，在天空盘旋，也有令人喜悦的一种雄姿。

我爱鸟的声音、鸟的形体，这爱好是很单纯的，我对鸟并不存任何幻想。有人初闻杜鹃，兴奋得一夜不能睡，一时想到“杜宇”“望帝”，一时又想到啼血，想到客愁，觉得有无限诗意。我曾告诉他事实上全不是这样的。杜鹃原是很健壮的一种鸟，比一般的鸟魁梧得多，扁嘴大口，并不特别美，而且自己不知构巢，依仗体壮力大，硬把卵下在别个的巢里，如果巢里已有了够多的卵，便不客气地给挤落下去，孵育的责任由别个代负了，孵出来之后，羽毛渐丰，就可把巢据为己有。那人听了我的话之后，对于这豪横无情的鸟，再也不能幻出什么诗意来了。我想济慈的“夜莺”，雪莱的“云雀”，还不都是诗人自我的幻想，与鸟何干?

鸟并不永久地给人喜悦，有时也给人悲苦。诗人哈代在一首诗里说，他在圣诞的前夕，炉里燃着熊熊的火，满室生春，桌上摆着丰盛的筵席，准备着过一个普天同庆的夜晚，蓦然看见在窗外一片美丽的雪景当中，有一只小鸟局蹐缩缩地在寒枝的梢头踞立，正在啄食一颗残余的僵冻的果儿，禁不住那料峭的寒风，栽倒在地上死了，滚成一个雪团！诗人感谓曰：“鸟！你连这一个快乐的夜晚都不给我！”我也有过一次类似的经验，在东北的一间双重玻璃窗的屋里，忽然看见枝头有一只麻雀，战栗地跳动抖擞着，在啄食一块干枯的叶子。但是我发现那麻雀的羽毛特别的长，而且是蓬松戟张着的：像是披着一件蓑衣，立刻使人联想到那垃圾堆上的大群褴褛而臃肿的人，那形容是一模一样的。那孤苦伶仃的麻雀，也就不暇令人哀了。

自从离开四川以后，不再容易看见那样多型类的鸟的跳荡，也不再容易听到那样悦耳的鸟鸣。只是清早遇到烟突冒烟的时候，一群麻雀挤在檐下的烟突旁边取暖，隔着窗纸有时还能看见伏在窗棂上的雀儿的映影。喜鹊不知逃到哪里去了。带哨子的鸽子也很少看见在天空打旋。黄昏时偶尔还听见寒鸦在古木上鼓噪，入夜也还能听见那像哭又像笑的鸱枭的怪叫。再令人触目的就是那些偶然一见的囚在笼里的小鸟儿了，但是我不忍看。

草木春秋（节选）

——汪曾祺

木芙蓉

浙江永嘉多木芙蓉。市内一条街边有一棵，干粗如电线杆，高近二层楼，花多而大，他处少见。楠溪江边的村落，村外、路边的茶亭（永嘉多茶亭，供人休息、喝茶、聊天）檐下，到处可以看见芙蓉。芙蓉有一特别处，红白相间。初开白色，渐渐一边变红，终至整个的花都是桃红的。花期长，掩映于手掌大的浓绿的叶丛中，欣然有生意。

我曾向永嘉市领导建议，以芙蓉为永嘉市花，市领导说永嘉已有市花，是茶花。后来听说温州选定茶花为温州市花，那么永嘉恐怕得让一让。永嘉让出茶花，永嘉市花当另选。那么，芙蓉被选中，还是有可能的。

永嘉为什么种那么多木芙蓉呢？问人，说是为了打草鞋。

芙蓉的树皮很柔韧结实，剥下来撕成细条，打成草鞋，穿起来很舒服，且耐走长路，不易磨通。

现在穿树皮编的草鞋的人很少了，大家都穿塑料凉鞋、旅游鞋。但是到处都还在种木芙蓉，这是一种习惯。于是芙蓉就成了永嘉城乡一景。

南瓜子豆腐和皂角仁甜菜

在云南腾冲吃了一道很特别的菜。说豆腐脑不是豆腐脑，说鸡蛋羹不是鸡蛋羹。滑、嫩、鲜，色白而微微带点浅绿，入口清香。这是豆腐吗？是的，但是用鲜南瓜子去壳磨细“点”出来的。很好吃。中国人吃菜真能别出心裁，南瓜子做成豆腐，不知是什么朝代，哪一位美食家想出来的！

席间还有一道甜菜，冰糖皂角米。皂角我的家乡颇多。一般都用来泡水，洗脸洗头，代替肥皂。皂角仁蒸熟，妇女绣花，把线在皂仁上“光”一下，线不散，且光滑，便于入针。没有吃它的。到了昆明，才知道这东西可以吃。昆明过去有专卖蒸菜的饭馆，蒸鸡、蒸排骨，都放小笼里蒸，小笼垫底的是皂角仁，蒸得了晶莹透亮，嚼起来有韧劲，好吃。比用红薯、土豆衬底更有风味。但知道可以做甜菜，却是在腾冲。这东西很滑，进口略不停留，即入肠胃。我知道皂角仁的“物性”，警告大家不可多吃。一位老兄吃得口爽，弄了一饭碗，几口就喝了。未及终席，他就奔赴厕所，飞流直下起来。

皂角仁卖得很贵，比莲子、桂圆、西米都贵，只有卖干果、山珍的大食品店才有得卖，普通的副食店里是买不到的。

近几年时兴“皂角洗发膏”，皂角恢复了原来的功能，这也算是“以故为新”吧。

车前子

车前子的样子很有趣。叶贴地而长，近卵形，有长柄。在自由伸向四面的叶丛中央抽出细长的花梗，顶端有穗形花序，直立着。穗不多，少的只有一穗。画家常画之为点缀。程十发即喜画。动画片中好像少不了它。不知道为什么，这东西有一种童话情趣。

车前子可利小便，这是很多农民都知道的。

张家口的山西梆子剧团有一个唱“红”（老生）的演员，经常在几县的“堡”（张家口人称镇为“堡”）演唱，不受欢迎，农民给他起了个外号——“车前子”。怎么给他起了这么个外号呢？因为他一出台，农民观众即纷纷起身上厕所，这位“红”利小便。

这位唱“红”的唱得起劲，观众就大声喊叫：“快去，快，赶紧拿咸菜！”这又是怎么回事呢？吃白薯吃得太多了，烧心反胃，嚼一块咸菜就好了。这位演员的嗓音叫人听起来烧心。

农民有时是很幽默的。

搞艺术的人千万不能当“车前子”，不能叫人烧心反胃。

紫穗槐

在戴了“右派分子”的帽子以后，我曾经被发到西山种树。在石多土少的山头用镢头刨坑。实际上是在石头上硬凿出一个一个的树坑来，再把凿碎的砂石填入，用九齿耙耧平。山上寸土寸金，树坑就山势而凿，大小形状不拘。这是个非常重的活。我成了“右派”后所从事的劳动，以修十三陵水库和这次西山种树的活最重。那真是玩了命。

一早，就上山，带两个干馒头、一块大腌萝卜。顿顿吃大腌萝卜，这不是个事。已经是秋天了，山上的酸枣熟了，我们摘酸枣吃。草里有蝈蝈，烧蝈蝈吃！蝈蝈得是三尾的，腹大，多子。一会儿就能捉半土筐。点一把火，把蝈蝈往火里一倒，劈劈剥剥，熟了。咬一口大腌萝卜，嚼半个烧蝈蝈，就馒头，香啊。人不管走到哪一步，总得找点乐子，想一点办法，老是愁眉苦脸的，干吗呢！

我们刨了坑，放着，当时不种，得到明年开了春，再种。据说要种的是紫穗槐。

紫穗槐我认识，枝叶近似槐树，抽条甚长，初夏开紫花，花似紫藤而颜色较紫藤深，花穗较小，瓣亦稍小。风摇紫穗，姗姗可爱。

紫穗槐的枝叶皆可为饲料，牲口爱吃，上膘。条可编筐。

刨了约二十多天树坑，我就告别西山八大处回原单位等候处理，从此再也没有上过山。不知道我们刨的那些坑里种上紫穗槐了没有。再见，紫穗槐！再见，大腌萝卜！再见，蝈蝈！

蝉与纺织娘

——郑振铎

你如果有福气独自坐在窗内，静悄悄的没一个人来打扰你，一点钟，两点钟的过去，嘴里衔着一支烟，躺在沙发上慢慢地喷着烟云，看它一白圈一白圈地升上，那么在这静境之内，你便可以听到那墙角阶前的鸣虫的奏乐。

那鸣虫的作响，真不是凡响；如果你曾听见过曼杜令的低奏，你曾听见过一支洞箫在月下湖上独吹着；你曾听见过红楼的重幔中透漏出的弦管声，你曾听见过流水淙淙地由溪石间流过，或你曾倚在山阁上听着飒飒的松风在足下拂过，那么，你便可以把那如何清幽的鸣虫之叫声想象到一二了。

虫之乐队，因季候的关系而颇有不同，夏天与秋令的虫声，便是截然的两样。蝉之声是高旷的，享乐的，带着自己满足之意的；它高高地栖在梧桐树或竹枝上，迎风而唱，那是生之歌——生之盛年之歌，那是结婚曲——那是中世纪武士美人的大宴时的行吟诗人之歌。无论听了那叽——叽——的曼长声，或叽格——叽格——的较短声，都可同样地受到一种轻快的美感。秋虫的鸣声最复杂，但无论纺织娘的咭嘎、蟋蟀的唧唧、金铃子之叮令，还有无数无数不可名状的秋虫之鸣声，其声调之凄抑却都是一样的；它们唱的是秋之歌，是暮年之歌，是薤露之曲。它们的歌声，是如秋风之扫落叶，怨妇之奏琵琶，孤峭而幽奇，清远而凄迷，低徊而愁肠百结。你如果是一个孤客，独宿于荒郊逆旅，一盏荧荧的油灯，对着一张板床、一张木桌、一二张硬板凳，再一听见四壁唧唧知知的虫声间作，那你今夜便不用再想稳稳地安睡了，什么愁情、乡思，以及人生之悲感，都会一串一串地从根儿勾引出来，在你心上翻来覆去，如白老鼠在戏笼中走轮盘一般，一上去便不用想下来憩息。如果你不是一个客人，你有家庭，你有很好的太太，你并没有什么闲愁胡想，那么，在你太太已睡之后，你想在书房中静静地写些东西时，这唧唧的秋虫之声却也会无端地窜入你的心里，翻掘起你向不曾有过的一种凄感呢。如果那一夜是一个月夜，天井里统是银白色，枯秃的树影，一根一条地很清朗地印在地上，那么你的感触将更深了。那也许就是所谓悲秋。

秋虫之声，大都在蝉之夏曲已告终之后出现，那正与气候之寒暖相应。但我却有一次奇异的经验：在无数的纺织娘之鸣声已来了之后，却又听得满耳的蝉声。我想我们的读者中有这种经验的人是必不多的。

我在山中，每天听见的只有蝉声，鸟声还比不上。那天气是很热，即在山上，也觉得并不凉爽。正午的时候，躺在廊前的藤榻上，要求一点的凉风，却见满山的竹树梢头，一动也不动，看看足底下的花草，也都静静地站着，如老僧入了定似的。风扇之类既得不到，只好不断地用手巾来拭汗，不断地在摇挥那纸扇了。在这时候，往往有几缕的蝉声在槛外鸣奏着。闭了目，静静地听了它们在忽高忽低，忽断忽续，此唱彼和，仿佛是一大阵绝清幽的乐阵在那里奏着绝清幽的曲子，炎热似乎也减少了，然后，蒙眬地蒙眬地睡去了，什么都不觉得。良久，良久，清梦醒来时，却又是满耳的蝉声。山中的蝉真多！绝早的清晨，老妈子们和小孩子们常去抱着竹竿乱摇一阵，而一只二只的蝉便要跟随了朝露而落到地上了。每一个早晨，在我们滴翠轩的左近，至少是百只以上之蝉是这样地被捉。但蝉声却并不减少。

常常的，一只蝉两只蝉，叽的一声，飞入房内，如平时我们所见的青油虫及灯蛾之飞入一样。这也是必定被人所捉的。有一天，见有什么东西在槛外倒水的铅斗中咯笃咯笃地作响，俯身到槛外一看，却又是一只蝉，这当然又是一个俘虏了。还有好几次，在山脊上走时，忽见矮林丛中有什么东西在动，拨开林丛一看，却也是一只蝉。它是被竹枝竹叶挡阻住了不能飞去。我把它拾在手中。同行的心南先生说："这有什么稀奇，放走了它吧。要多少还怕没有！"我便顺手把它向风中一送，它悠悠扬扬地飞去很远很远，渐渐地不见了。我想不到这只蝉就在刚才是地上拾了来的那一只！

初到时，颇想把它们捉几个寄到上海去送送人。有一次，便托了老妈子去捉。她在第二天一早，果然捉了五六只来放在一个大香烟纸盒中，不料给依真一见，她却吵着，带强迫地要去。我又托那个老妈子去捉。第二天，又捉了四五只来。依真的纸盒中却只剩下两只活的，其余的都死了。到了晚上，我的几只，也死了一半。因此，寄到上海的计划遂根本地打消了。从此以后，便也不再托人去捉，自己偶然捉来的，也都随手地放去了，那样不经久的东西，留下了它干什么用！不过孩子们却还热心地去捉。依真每天要捉至少三只以上用细绳子缚在铁杆上。有一次，曾有一只蝉居然带了红绳子逃去了；很长的一根红绳子，拖在它后面，在风中飘荡着，很有趣味。

半个月过去了；有的时候，似乎蝉声略少，第二天却又多了起来。虽然是叽——叽——的不息地鸣着，却并不觉喧扰；所以大家都不讨厌它们。我却特别地爱听它们的歌唱，那样的高旷清远的调子，在什么音乐会中可以听得到！所以我每以蝉声将绝为虑，时时地干涉孩子们的捕捉。

到了一夜，狂风大作，雨点如从水龙头上喷出似的，向槛内廊上倾倒。第二天还不放晴。再过一天，晴了，天气却很凉，蝉声乃不再听见了！全山上在鸣唱着的却换了一种咭嘎——咭嘎——的急促而凄楚的调子，那是纺织娘。

“秋天到了！”我这样地说着，颇动了归心。

再一天，纺织娘还是咭嘎咭嘎地唱着。

然而，第三天早晨，当太阳晒得满山时，蝉声却又听见了！且很不少。我初听不信，叽——叽——叽格——叽格——那确是蝉声！纺织娘之声却又潜踪了。

蝉回来了，跟它回来的是炎夏。从箱中取出的棉衣又复放入箱中。下山之计遂又打消了。

谁曾于听了纺织娘歌声之后再听见蝉的夏曲呢？这是我的一个有趣的经验。

葡萄月令

——汪曾祺

一月，下大雪。

雪静静地下着。果园一片白。听不到一点声音。

葡萄睡在铺着白雪的窖里。

二月里刮春风。

立春后，要刮四十八天“摆条风”。风摆动树的枝条，树醒了，忙忙地把汁液送到全身。树枝软了。树绿了。

雪化了，土地是黑的。

黑色的土地里，长出了茵陈蒿。碧绿。

葡萄出窖。

把葡萄窖一锹一锹挖开。挖下的土，堆在四面。葡萄藤露出来了，乌黑的。有的梢头已经绽开了芽苞，吐出指甲大的苍白的小叶。它已经等不及了。

把葡萄藤拉出来，放在松松的湿土上。不大一会，小叶就变了颜色，叶边发红——又不大一会，绿了。

三月，葡萄上架。

先得备料。把立柱、横梁、小棍，槐木的、柳木的、杨木的、桦木的，按照树棵大小，分别堆放在旁边。立柱有汤碗口粗的、饭碗口粗的、茶杯口粗的。一棵大葡萄得用八根，十根，乃至十二根立柱。中等的，六根、四根。

先刨坑，竖柱。然后搭横梁，用粗铁丝摽紧。然后搭小棍，用细铁丝缚住。

然后，请葡萄上架。把在土里趴了一冬的老藤扛起来，得费一点劲。大的，得四五个人一起来。“起！——起！”哎，它起来了。把它放在葡萄架上，把枝条向三面伸开，像五个指头一样地伸开，扇面似的伸开。然后，用麻筋在小棍上固定住。葡萄藤舒舒展展，凉凉快快地在上面待着。

上了架，就施肥。在葡萄根的后面，距主干一尺，挖一道半月形的沟，把大粪倒在里面。葡萄上大粪，不用稀释，就这样把原汁大粪倒下去。大棵的，得三四桶。小葡萄，一桶也就够了。

四月，浇水。

挖窖挖出的土，堆在四面，筑成垄，就成一个池子。池里放满了水。葡萄园里水气泱泱，沁人心肺。

葡萄喝起水来是惊人的。它真是在喝！葡萄藤的组织跟别的果树不一样，它里面是一根一根细小的导管。这一点，中国的古人早就发现了。《图经》云："根苗中空相通。圃人将货之，欲得厚利，暮溉其根，而晨朝水浸子中矣，故俗呼其苗为木通。""暮溉其根，而晨朝水浸子中矣"，是不对的。葡萄成熟了，就不能再浇水了。再浇，果粒就会涨破。"中空相通"却是很准确的。浇了水，不大一会，它就从根直吸到梢，简直是小孩嘬奶似的拼命往上嘬。浇过了水，你再回来看看吧：梢头切断过的破口，就嗒嗒地往下滴水了。

是一种什么力量使葡萄拼命地往上吸水呢？

施了肥，浇了水，葡萄就使劲抽条、长叶子。真快！原来是几根根枯藤，几天工夫，就变成青枝绿叶的一大片。

五月，浇水，喷药，打梢，掐须。

葡萄一年不知道要喝多少水，别的果树都不这样。别的果树都是刨一个"树碗"，往里浇几担水就得了，没有像它这样的："漫灌"，整池子地喝。

喷波尔多液。从抽条长叶，一直到坐果成熟，不知道要喷多少次。喷了波尔多液，太阳一晒，葡萄叶子就都变成蓝的了。

葡萄抽条，丝毫不知节制，它简直是瞎长！几天工夫，就抽出好长一节的新条。这样长法还行呀，还结不结果呀？因此，过几天就得给它打一次条。葡萄打条，也用不着什么技巧，是个人就能干，拿起树剪，劈劈啪啪，把新抽出来的一截都给它铰了就得了。一铰，一地的长着新叶的条。

葡萄的卷须，在它还是野生的时候是有用的，好攀附在别的什么树木上。现在，已经有人给它好好地固定在架上了，就一点用也没有了。卷须这东西最耗养分——凡是作物，都是优先把养分输送到顶端，因此，长出来就给它掐了，长出来就给它掐了。

葡萄的卷须有一点淡淡的甜味。这东西如果腌成咸菜，大概不难吃。

五月中下旬，果树开花了。果园，美极了。梨树开花了，苹果树开花了，葡萄也开花了。

都说梨花像雪，其实苹果花才像雪。雪是厚重的，不是透明的。梨花像什么呢？——梨花的瓣子是月亮做的。

有人说葡萄不开花，哪能呢？只是葡萄花很小，颜色淡黄微绿，不钻进葡萄架是看不出的。而且它开花期很短。很快，就结出了绿豆大的葡萄粒。

六月，浇水、喷药、打条、掐须。

葡萄粒长了一点了，一颗一颗，像绿玻璃料做的纽子。硬的。

葡萄不招虫。葡萄会生病，所以要经常喷波尔多液。但是它不像桃，桃有桃食心虫；梨，梨有梨食心虫。葡萄不用疏虫果。——果园每年疏虫果是要费很多工的。虫果没有用，黑黑的一个半干的球，可是它耗养分呀！所以，要把它“疏”掉。

七月，葡萄“膨大”了。

掐须、打条、喷药，大大地浇一次水。

追一次肥。追硫铵。在原来施粪肥的沟里撒上硫铵。然后，就把沟填平了。把硫铵封在里面。

汉朝是不会追这次肥的。汉朝没有硫铵。

八月，葡萄“着色”。

你别以为我这里是把画家的术语借用来了。不是的。这是果农的语言，他们就叫“着色”。

下过大雨，你来看看葡萄园吧，那叫好看！白的像白玛瑙，红的像红宝石，紫的像紫水晶，黑的像黑玉。一串一串，饱满、瓷实、挺括，璀璨琳琅。你就把《说文解字》里的玉字偏旁的字都搬了来吧，那也不够用呀！

可是你得快来！明天，对不起，你全看不到了。我们要喷波尔多液了。一喷波尔多液，它们的晶莹鲜艳全都没有了，它们蒙上一层蓝纷纷、白乎乎的东西，成了磨砂玻璃。我们不得不这样干。葡萄是吃的，不是看的。我们得保护它。

过不两天，就下葡萄了。

一串一串剪下来，把病果、瘪果去掉，妥妥地放在果筐里。果筐满了，盖上盖，要一个棒小伙子跳上去蹦两下用麻筋缝的筐盖。——新下的果子，不怕压，它很结实，压不坏。倒怕是装不紧，咣里咣当的。那，来回一晃悠，全得烂！

葡萄装上车，走了。

去吧，葡萄，让人们吃去吧！

九月的果园像一个生过孩子的少妇，宁静、幸福，而慵懒。

我们还给葡萄喷一次波尔多液。哦，下了果子，就不管了？人，总不能这样无情无义吧。

十月，我们有别的农活。我们要去割稻子。葡萄，你愿意怎么长，就怎么长着吧。

十一月，葡萄下架。

把葡萄架拆下来。检查一下，还能再用的，搁在一边。糟朽了的，只好烧火。立柱、横梁、小棍，分别堆垛起来。

剪葡萄条。干脆得很，除了老条，一概剪光。葡萄又成了一个大秃子。

剪下的葡萄条，挑有三个芽眼的，剪成二尺多长的一截，捆起来，放在屋里，准备明春插条。

其余的，连枝带叶，都用竹笤帚扫成一堆，装走了。

葡萄园光秃秃。

十一月下旬，十二月上旬，葡萄入窖。

这是个重活。把老本放倒，挖土把它埋起来。要埋得很厚实。外面要用铁锹拍平。这个活儿不能马虎。都要经过验收，才给记工。

葡萄窖，一个一个长方形的土墩墩。一行一行，整整齐齐地排列着。风一吹，土色发了白。

这真是一年的冬景了。热热闹闹的果园，现在什么颜色都没有了。眼界空阔，一览无余，只剩下发白的黄土。

下雪了。我们踏着碎玻璃碴似的雪，检查葡萄窖，扛着铁锹。

一到冬天，要检查几次。不是怕别的，怕老鼠打了洞。葡萄窖里很暖和，老鼠爱往这里面钻。它倒是暖和了，咱们的葡萄可就受了冷啦！

具象美

——丰子恺

听人说话，听到具象的、琐屑的、浅显的语句，往往觉得比抽象的、正大的、深刻的语句来得动听。先举一个最显著的例，譬如说“生活问题”不如说“衣食问题”来得动听；说“衣食问题”又不如说“饭碗问题”或“面包问题”来得动听。因为“生活”二字固然包括得很周全，但是太抽象，太正大，太深刻了，故听者由此所得的理解欠深，印象欠强，兴味欠浓。倘换了“衣食”二字，因为较具体，较琐屑，较浅显，可以把握，听了就觉得容易理解，印象强明，而且富有兴味。有时说话的人还嫌“衣食”二字所指太广泛，就更进一步而用“饭碗”或“面包”二字。这是人人最常见最稔熟的一件实物，听到了谁不立刻获得切身的兴味，强明的印象，与充分的理解呢？故“失业”常被翻译作“敲破饭碗”，“失地”也被翻译作“地图改色”，使听者触目惊心。

我现在就称这种说话的技术为“具象美”。这也是人类言语进步后的修辞法之一种，与以前我所谈的“比喻”同类，但自有差别：比喻也是取具象的东西来帮助说理的；但所取的具象物，其本身与说理并无关系，只是性状相同而已。譬如说“割鸡焉用牛刀？”此事与孔子的治道毫无关系，只是“大材小用”这一点性状相同，故引用为譬喻，使说理具象化，又趣味化，而易于动听耳。现在所谈的“具象美”则不然：其所取具象物，必与说理有密切关系，能使听者于小中见大，个中见全。譬如“饭碗”或“面包”，与“生活”有密切关系，而且是“生活”的最重要部分，或核心。故言者只须举此一隅，听者便可反三，反十，反百，反千，盖所谓“饭碗”者，其实连老酒、香烟、自来火等一切食用皆包括在内。我觉得这种语言的技术，最有意味，尤其是听讲演、读论文的时候，滔滔洋洋的一篇抽象的大道理，往往容易使人头痛或打瞌睡。反之，倘善用比喻及这种具象美，听者就不会感到疲倦；善用之极，寥寥数语可抵洋洋数万言之力。淳于髡、东方朔等讽谏者的说话，诗人的说话，可说是其实例。

这种具象美的实例，在我们的日常语言中，在诗文中，皆不胜枚举。为便于吟味，就我所想起的摘录几个在下面，真不过略举一隅而已。

投笔，请缨，解甲，下车，下野，即位，弹冠，束发，洗耳，拭目，赋闲，披剃，糊口，扫榻，执牛耳，夺锦标，执教鞭，步后尘，高枕而卧，逍遥林下，拜倒裙下，争奉箕履……

照字面上看，这些话大都讲不通。文人的笔难道昼夜在手？武人的甲难道昼夜不解？弃官的常住租界，何尝下野？哪一个首领的手里执着一只牛耳朵呢？然而这便是具象美的兴味所在。其中也有靠古典的帮助的，或近于比喻的。但总以小中见大、个中见全为原则，俗语中也颇富于关于此的好例。善于说话的人的口中，常常在那里吐露出来，他们不说“某家没饭吃了”，偏说“某家的锅子底向天了”。不说“某人可以留名后世”，偏说“某人得吃冷羹饭了”。厨川白村说妇女问题是“胃袋与子宫的问题”。吴稚晖说恋爱是“精虫作怪”。语虽苛刻，然而动听。可谓尽言语的具象化的能事，可惜我的见闻太狭，记忆太坏，一时想不起更多的实例来。

在古人的诗文方面，我的记忆没有这般坏，现在就可想起不少的例子来。也摘录些在下面，以供吟味：

太平待诏归来日，朕与先生解战袍。

十四万人齐解甲，更无一个是男儿！

强欲从君无那老，将因卧病解朝衣。

严陵台下桐江水，解钓鲈鱼能几人。

年年战骨埋荒外，空见蒲桃入汉家。

天运苟如此，且进杯中物。

安得万里裘，盖裹周四垠。

君王忍把平陈业，只博雷塘数亩田。

旧时王谢堂前燕，飞入寻常百姓家。

人生在世不称意，明朝散发弄扁舟。

座中泣下谁最多？江州司马青衫湿。

何当共剪西窗烛，却话巴山夜雨时。

夜雨剪春韭，新炊间黄粱。

客从东方来，衣上灞陵雨。

城市不能飞锡去，恐妨莺啭翠楼前。

箧有吴笺三万个，拟将细字写新愁。

若教解爱繁华事，冻杀黄金屋里人。

遥窥正殿帘开处，袍袴宫人扫御床。

苦恨年年压金线，为他人作嫁衣裳。

平阳歌舞新承宠，帘外春寒赐锦袍。

东风不与周郎便，铜雀春深锁二乔。

君自故乡来，应知故乡事。来日绮窗前，寒梅著花未？

妾有罗衣裳，秦王在时作。为舞春风多，秋来不堪著。

打起黄莺儿，莫教枝上啼。啼时惊妾梦，不得到辽西。

所谓“朕与先生解战袍”，岂真仅解战袍而已？乃举此具体琐屑浅显的一事来暗示升官发财等重赏。又岂真要皇帝亲与解战袍哉？说肯与解战袍，则有重赏可知，不必真解战袍也。但抽象地说有重赏乏味；具象地说解战袍，便有诗趣。同理，“齐解甲”就是齐受降，“解朝衣”就是辞官职，“解钓鲈鱼”就是肯隐居的具象的写法。诗人最懂得小中见大、个中见全的秘诀，最善于运用一件具象的小事来暗示抽象的大事。言“安得万里裘”，其救世之愿可知。言“堂前燕飞入寻常百姓家”，其堂其人之废逝可知。言“青衫湿”，其悲哀可知。言“扫御床”“赐锦袍”，其恩宠可知。言“锁二乔”，其胜利可知。同时这些小事件因为都是具象的、琐屑的、浅显的，故能给读者一个确实、强明、生动、活跃的印象。读了“共剪西窗烛”“夜雨剪春韭”，便可想见故人久别重逢，烛下把酒谈心的种种情味，如同身历其境一样。尤其是最后的三首五绝，整个儿是具象美。第一首但言“寒梅”，第二首但言一件“罗衣裳”，第三首但言要“打黄莺”。而思故乡，伤迟暮，怀远人之情，强明地站出在这等小事件的背后，深切地印象于读者的心目中。

照艺术的领域说，音乐主听觉美即声音美，绘画主视觉美即形式美，文学主思想美即言语美。则现在所谓“具象美”，照理是绘画的领域中所有的事。绘画除了立体派构成派等以外，常含有多量的思想美即意义美，而文学中亦如上述地盛用具象美。这可以看作文学与绘画的交流，文学与绘画的握手。我曾作一册《绘画与文学》（开明版）说文学与绘画的种种交涉，已是二三年前往事了。现在又发现了上述的一种交涉，觉得往日的兴味重新浓重起来。

第四辑

静观世间事，因果纷扰忙

他平平静静，没有大喜大忧，没有烦恼，无欲望亦无追求，

天然恬淡，每天只是吃抻条面、拨鱼儿，抱膝闲看，

带着笑意，用孩子一样天真的眼睛。

这是一个活庄子。

闹市闲民

——汪曾祺

我每天在西四倒101路公共汽车回甘家口。直对101站牌有一户人家。一间屋，一个老人。天天见面，很熟了。有时车老不来，老人就搬出一个马扎儿来："车还得会子，坐会儿。"

屋里陈设非常简单（除了大冬天，他的门总是开着），一张小方桌，一个方机凳，三个马扎儿，一张床，一目了然。

老人七十八岁了，看起来不像，顶多七十岁。气色很好。他经常戴一副老式的圆镜片的浅茶晶的养目镜——这副眼镜大概是他身上唯一值钱的东西。眼睛很大，一点没有混浊，眼角有深深的鱼尾纹。跟人说话时总带着一点笑意，眼神如一个天真的孩子。上唇留了一撮疏疏的胡子，花白了。他的人中很长，唇髭不短，但是遮不住他的微厚而柔软的上唇——相书上说人中长者多长寿，信然。他的头发也花白了，向后梳得很整齐。他长年穿一套很宽大的蓝制服，天凉时套一件黑色粗毛线的很长的背心。圆口布鞋、草绿色线袜。

从攀谈中我大概知道了他的身世。他原来在一个中学当工友，早就退休了。他有家。有老伴。儿子在石景山钢铁厂当车间主任。孙子已经上初中了。老伴跟儿子，他不愿跟他们一起过，说是："乱！"他愿意一个人。他的女儿出嫁了。外孙也大了。儿子有时进城办事，来看看他，给他带两包点心，说会子话。儿媳妇、女儿隔几个月来给他拆洗拆洗被窝。平常，他和亲属很少来往。

他的生活非常简单。早起扫扫地，扫他那间小屋，扫门前的人行道。一天三顿饭。早点是干馒头就咸菜喝白开水。中午晚上吃面。一年三百六十五天，天天如此。他不上粮店买切面，自己做。抻条，或是拨鱼儿。他的拨鱼儿真是一绝。小锅里坐上水，用一根削细了的筷子把稀面顺着碗口"赶"进锅里。他拨的鱼儿不断，一碗拨鱼儿是一根，而且粗细如一。我为看他拨鱼儿，宁可误一趟车。我跟他说："你这拨鱼儿真是个手艺！"他说："没什么，早一点把面和上，多搅搅。"我学着他的法子回家拨鱼儿，结果成了一锅面糊糊疙瘩汤。他吃的面总是一个味儿！浇炸酱。黄酱，很少一点儿肉末。黄瓜丝、小萝卜，一概不要。白菜下来时，切几丝白菜，这就是"菜码儿"。他饭量不小，一顿半斤面。吃完面，喝一碗面汤（他不大喝水），刷刷碗，坐在门前的马扎儿上，抱着膝盖看街。

我有时带点儿新鲜菜蔬，青蛤、海蛎子、鳝鱼、冬笋、木耳菜，他总要过来看看：“这是什么？”我告诉他是什么，他摇摇头：“没吃过。南方人会吃。”他是不会想到吃这样的东西的。

他不种花，不养鸟，也很少遛弯儿。他的活动范围很小，除了上粮店买面，上副食店买酱，很少出门。

他一生经历了很多大事。远的不说。敌伪时期，吃混合面。傅作义。解放军进城，扭秧歌，呛呛七呛七。开国大典，放礼花。没完没了的各种运动。

然而这些都与他无关，没有在他身上留下多少痕迹。他每天还是吃炸酱面——只要粮店还有白面卖，而且北京的粮价长期稳定——坐在门口马扎儿上看街。

他平平静静，没有大喜大忧，没有烦恼，无欲望亦无追求，天然恬淡，每天只是吃抻条面、拨鱼儿，抱膝闲看，带着笑意，用孩子一样天真的眼睛。

这是一个活庄子。

男人

——梁实秋

男人令人首先感到的印象是脏！当然，男人当中亦不乏刷洗干净洁身自好的，甚至还有油头粉面衣冠楚楚的，但大体讲来，男人消耗肥皂和水的数量要比较少些。某一男校，对于学生洗澡是强迫的，入浴签名，每周计核，对于不曾入浴的初步惩罚是宣布姓名，最后的断然处置是定期强迫入浴，并派员监视，然而日久玩生，签名簿中尚不无浮冒情事。有些男人，西装裤尽管挺直，他的耳后脖根，土壤肥沃，常常宜于种麦！袜子手绢不知随时洗涤，常常日积月累，到处塞藏，等到无可使用时，再从那一堆污垢存货当中拣选比较干净的去应急。有些男人的手绢，拿出来硬像是土灰面制的百果糕，黑乎乎黏成一团，而且内容丰富。男人的一双脚，多半好像是天然的具有泡菜、霉干菜再加糖蒜的味道，所谓“濯足万里流”是有道理的，小小的一盆水确是无济于事，然而多少男人却连这一盆水都吝而不用，怕伤元气。两脚既然如此之脏，偏偏有些“逐臭之夫”喜于脚上藏垢纳污之处往复挖掘，然后嗅其手指，引以为乐！多少男人洗脸都是专洗本部，边疆一概不理，洗脸完毕，手背可以不湿。有的男人是在结婚后才开始刷牙。“扪虱而谈”的是男人。还有更甚于此者，曾有人当众搔背，结果是从袖口里面摔出一只老鼠！除了不可挽救的脏相之外，男人的脏大概是由于懒。

对了！男人懒。他可以懒洋洋坐在旋椅上，五官四肢，连同他的脑筋（假如有），一概停止活动，像呆鸟一般；“不闻夫博弈者乎……”那段话是专对男人说的。他若是上街买东西，很少时候能令他的妻子满意，他总是不肯多问几家，怕跑腿，怕费话，怕讲价钱。什么事他都嫌麻烦，除了指使别人替他做的事之外，他像废人一样，对于什么事都愿坐享其成，而名之曰“室家之乐”。他提前养老，至少提前三二十年。

紧毗连着“懒”的是“馋”。男人大概有好胃口的居多。他的嘴，用在吃的方面的时候多，他吃饭时总要在菜碟里发现至少一英寸见方半英寸厚的肉，才能算是没有吃素。几天不见肉，他就喊：“嘴里要淡出鸟儿来！”若真个三月不知肉味，怕不要淡出毒蛇猛兽来！有一个人半年没有吃鸡，看见了鸡毛帚就流涎三尺。一餐盛馔之后，他的人生观都能改变，对于什么都乐观起来。一个男人在吃一顿好饭的时候，他脸上的表情硬是在感谢上天待人不薄；他饭后衔着一根牙签，红光满面，硬是觉得可以骄人。主中馈的是女人，修食谱的是男人。

男人多半自私。他的人生观中有一基本认识，即宇宙一切均是为了他的舒适而安排下来的。除了在做事赚钱的时候不得不忍气吞声地向人奴颜婢膝外，他总是要作出一副老爷相。他的家便是他的国度，他在家里称王。他除了为赚钱而吃苦努力外，他是一个“伊比鸠派”，他要享受。他高兴的时候，孩子可以骑在他的颈上，他引颈受骑，他可以像狗似的满地爬；他不高兴时，他看着谁都不顺眼，在外面受了闷气，回到家里来加倍地发作。他不知道女人的苦处。女人对于他的殷勤委曲，在他看来，就如同犬守户鸡司晨一样的稀松平常，都是自然现象。他说他爱女人，其实他不是爱，是享受女人。他不问他给了别人多少，但是他要在别人身上尽量榨取。他觉得他对女人最大的恩惠，便是把赚来的钱全部或一部分拿回家来；但是当他把一卷卷的钞票从衣袋里掏出来的时候，他的脸上的表情是骄傲的成分多，亲爱的成分少，好像是在说：“看我！你行么？我这样待你，你多幸运！”他若是感觉到这家不复是他的乐园，他便有多样的借口不回到家里来。他到处云游，他另辟乐园。他有聚餐会，他有酒会，他有桥会，他有书会画会棋会，他有夜会，最不济的还有个茶馆。他的享乐的方法太多。假如轮回之说不假，下世侥幸依然投胎为人，很少男人情愿下世做女人的。他总觉得这一世生为男身，而享受未足，下一世要继续努力。

“群居终日，言不及义”，原是人的通病，但是言谈的内容，却男女有别。女人谈的往往是“我们家的小妹又病了！”“你们家每月开销多少？”之类。男人的是另一套，普通的方式，男人的谈话，最后不谈到女人身上便不会散场。这一个题目对男人最有兴味。如果有一个桃色案他们唯恐其和解得太快。他们好议论人家的隐私，好批评别人的妻子的性格相貌。“长舌男”是到处有的，不知为什么这名词尚不甚流行。

女人

——梁实秋

有人说女人喜欢说谎，假如女人所捏撰的故事都能抽取版税，便很容易致富。这问题在于什么叫作说谎。若是运用小小的机智，打破眼前小小的窘僵，获取精神上小小的胜利，因而牺牲一点点真理，这也可以算是说谎，那么，女人确是比较的富于说谎的天才。有具体的例证。你没有陪过女人买东西吗？尤其是买衣料，她从不干干脆脆地说要做什么衣，要买什么料，准备出多少钱；她必定要东挑西拣，翻天覆地，同时口中念念有词，不是嫌这匹料子太薄，就是怪那匹料子花样太旧，这个不禁洗，那个不禁晒，这个缩头大，那个门面窄，批评得人家一文不值。其实，满不是这么一回事，她只是嫌价码太贵而已！如果价钱便宜，其他的缺点全都不成问题，而且本来不要买的也要购储起来。一个女人若是因为炭贵而不生炭盆，她必定对人解释说："冬天生炭盆最不卫生，到春天容易喉咙痛！”屋顶渗漏，塌下盆大的灰泥，在未修补之前，女人便会向人这样解释：“我预备在这地方安装电灯。”

自己上街买菜的女人，常常只承认散步和呼吸新鲜空气是她上市的唯一理由。艳羡汽车的女人常常表示她最厌恶汽油的臭味。坐在中排看戏的女人常常说前排的头等座位最不舒适。一个女人馈赠别人，必说：“实在买不到什么好的……”其实这东西根本不是她买的，是别人送给她的。一个女人表示愿意陪你去上街走走，其实是她顺便要买东西。总之，女人总欢喜拐弯抹角地，放一个小小的烟幕，无伤大雅，颇占体面。这也是艺术，王尔德不是说过“艺术即是说谎”么？这些例证还只是一些并无版权的谎话而已。

女人善变，多少总有些哈姆雷特式，拿不定主意。问题大者如离婚结婚，问题小者如换衣换鞋，都往往在心中经过一读二读三读，决议之后再复议，复议之后再否决。女人决定一件事之后，还能随时做一百八十度的大转弯，做出那与决定完全相反的事，使人无法追随。因为变得急速，所以容易给人以“脆弱”的印象。莎士比亚有一名句：“‘脆弱’呀，你的名字叫作‘女人’！”但这脆弱，并不永远使女人吃亏。越是柔韧的东西越不易摧折。女人不仅在决断上善变，即便是一个小小的别针位置也常变，午前在领扣上，午后就许移到了头发上。三张沙发，能摆出若干阵势；几根头发，能梳出无数花头。讲到服装，其变化之多，常达到荒谬的程度。外国女人的帽子，可以是一根鸡毛，可以是半只铁锅，或是一个畚箕。中国女人的袍子，变化也就够多，领子高的时候可以使她像一只长颈鹿，袖子短的时候恨不得使两腋生风，至于纽扣盘花、绲边镶绣，则更加是变幻莫测。“上帝给她一张脸，她能另造一张出来”“女人是水做的”，是活水，不是止水。

女人善哭。从一方面看，哭常是女人的武器，很少人能抵抗她这泪的洗礼。俗语说“一哭二闹三上吊”，这一哭确实其势难当。但从另一方面看，哭也常是女人内心的“安全瓣”。女人的忍耐的力量是伟大的，她为了男人，为了小孩，能忍受难堪的委屈。女人对于自己的享受方面，总是属于“斯多葛派”的居多。男人不在家时，她能立刻变成为素食主义者，火炉里能爬出老鼠；开电灯怕费电，再关上又怕费开关。平素既已极端刻苦，一旦精神上再受刺激，便忍无可忍，一腔悲怨天然地化作一把把的鼻涕眼泪，从“安全瓣”中汩汩而出，腾出空虚的心房，再来接受更多的委屈。女人很少破口骂人（骂街便成泼妇，其实甚少），很少揎袖挥拳，但泪腺就比较发达。善哭的也就常常善笑，迷迷地笑，吃吃地笑，咯咯地笑，哈哈地笑，笑是常驻在女人脸上的，这笑脸常常成为最有效的护照。女人最像小孩，她能为了一个滑稽的姿态而笑得前仰后合、肚皮痛、淌眼泪，以至于翻筋斗！哀与乐都像是常川有备，一触即发。

女人的嘴，大概是用在说话方面的时候多。女孩子从小就往往口齿伶俐，就是学外国语也容易朗朗上口，不像嘴里含着一个大舌头。等到长大之后，三五成群，说长道短，声音脆，嗓门高，如蝉噪，如蛙鸣，真当得好几部鼓吹！等到年事再长，万一堕入“长舌”型，则东家长，西家短，飞短流长，搬弄多少是非，惹出无数口舌；万一堕入“喷壶嘴”型，则琐碎繁杂，絮聒唠叨，一件事要说多少回，一句话要说多少遍，如喷壶下注、万流齐发，当者披靡，不可向迩！一个人给他的妻子买一件皮大衣，朋友问他：“你是为使她舒适吗？”那人回答说：“不是，为使她少说些话！”

女人胆小，看见一只老鼠而当场昏厥，在外国不算是奇闻。中国女人胆小不至如此，但是一声霹雷使得她拉紧两个老妈子的手而仍战栗不止，倒是确有其事。这并不是做作，并不是故意在男人面前作态，使他有机会挺起胸脯说：“不要怕，有我在！”她是真怕。在黑暗中或荒僻处，没有人，她怕；万一有人，她更怕！屠牛宰羊，固然不是女人的事，杀鸡宰鱼，也不是不费手脚。胆小的缘故，大概主要的是体力不济。女人的体温似乎较低一些，有许多女人怕发胖而食无求饱，营养不足，再加上怕臃肿而衣裳单薄，到冬天瑟瑟打战，袜薄如蝉翼，把小腿冻得作“江米藕”色，两只脚放在被里一夜也暖不过来，双手捧热水袋，从八月捧起，捧到明年五月，还不忍释手。抵抗饥寒之不暇，焉能望其胆大。

女人的聪明，有许多不可及处，一根棉线，一下子就能穿入针孔，然后一下子就能在线的尽头处打上一个结子，然后扯直了线在牙齿上“砰砰”两声，针尖在头发上擦抹两下，便能开始解决许多在人生中并不算小的苦恼，例如缝上衬衣的扣子，补上袜子的破洞之类。至于几根篾棍，一上一下地编出多少样物事，更是令人叫绝。有学问的女人，创辟“沙龙”，对任何问题能继续谈论至半小时以上，不但不令人入睡，而且令人疑心她是内行。

我的理想家庭

——老舍

一个二十多岁的小伙子，讲恋爱，讲革命，讲志愿，似乎天地之间，唯我独尊，简直想不到组织家庭——结婚即是爱的坟墓，家庭根本上是英雄好汉的累赘。

及至过了三十，革命成功与否，事情好歹不论，反正领略够了人情世故，壮气就差点事儿了。虽然明知家庭之累，等于投胎为马为牛，可是人生总不过如此，多少也都得经验一番，既不坚持独身，结婚倒也还容易。于是发帖子请客，笑着开驶倒车，苦乐容或相抵，反正至少凑个热闹。

到了四十，儿女已有二三，贫也好富也好，自己认头苦曳，对于年轻的朋友已经有好些个事儿说不到一处，而劝告他们老老实实地结婚，好早生儿养女，即是话不投缘的一例。到了这个年纪，设若还有理想，必是理想的家庭。倒退二十年，连这么一想也觉泄气。

人生的矛盾可笑即在于此，年轻力壮，力求事事出轨，决不甘为火车；及至中年，心理的、生理的，种种理的什么什么，都使他不但非作火车不可，且作货车焉。把当初与现在一比较，判若两人，足够自己笑半天的！或有例外，实不多见。

明年我就四十了，已具说理想家庭的资格：大不必吹，盖亦自嘲。

我的理想家庭要有七间小平房：一间是客厅，古玩字画全非必要，只要几把很舒服宽松的椅子，一二小桌。一间书房，书籍不少，不管什么头版与古本，而都是我所爱读的；一张书桌，桌面是中国漆的，放上热茶杯不至烫成个圆白印儿；文具不讲究，可是都很好用；桌上老有一两枝鲜花，插在小瓶里。两间卧室，我独据一间，没有臭虫，而有一张极大极软的床。在这个床上，横睡直睡都可以，不论怎睡都一躺下就舒服合适，好像陷在棉花堆里，一点也不碰硬骨头。还有一间，是预备给客人住的。此外是一间厨房，一个厕所，没有下房，因为根本不预备用仆人。家中不要电话，不要播音机，不要留声机，不要麻将牌，不要风扇，不要保险柜。缺乏的东西本来很多，不过这几项是故意不要的，有人白送给我也不要。

院子必须很大，靠墙有几株小果木树。除了一块长方的土地，平坦无草，足够打开太极拳的。其他的地方就都种着花草——没有一种珍贵费事的，只求昌茂多花。屋中至少有一只花猫，院中至少也有一两盆金鱼；小树上悬着小笼，二三绿蝈蝈随意地鸣着。

这就该说到人了。屋子不多，又不要仆人，人口自然不能很多：一妻和一儿一女就正合适。先生管擦地板与玻璃，打扫院子，收拾花木，给鱼换水，给蝈蝈一两块绿黄瓜或几个毛豆；并管上街送信买书等事宜。太太管做饭，女儿任助手——顶好是十二三岁，不准小也不准大，老是十二三岁。儿子顶好是三岁，既会讲话，又胖胖的会淘气。母女做饭之外，就做点针线，看小弟弟。大件衣服拿到外边去洗，小件的随时自己涮一涮。

既然有这么多工作，自然就没有多少工夫去听戏看电影。不过在过生日的时候，全家就出去玩半天；接一位亲或友的老太太给看家。过生日什么的永远不请客受礼，亲友家送来的红白帖子，就一概扔在字纸篓里，除非那真需要帮助的，才送一些干礼去。到过节过年的时候，吃食从丰，而且可以买一通纸牌，大家打打“索儿胡”，赌铁蚕豆或花生米。

男的没有固定的职业；只是每天写点诗或小说，每千字卖上四五十元钱。女的也没事做，除了家务就读些书。儿女永不上学，由父母教给画图，唱歌，跳舞——乱蹦也算一种舞法——和文字、手工之类。等到他们长大，或者也会仗着绘画或写文章卖一点钱吃饭；不过这是后话，顶好暂且不提。

这一家子人，因为吃的简单干净，而一天到晚不闲着，所以身体都很不坏。因为身体好，所以没有肝火，大家都不爱闹脾气。除了为小猫上房、金鱼甩子等事着急之外，谁也不急赤白脸的。

大家的相貌也都很体面，不令人望而生厌。衣服可并不讲究，都做得很结实朴素；永远不穿又臭又硬的皮鞋。男的很体面，可不露电影明星气；女的很健美，可不红唇鬈毛，鼻子朝着天。孩子们都不卷着舌头说话，淘气而不讨厌。

这个家庭顶好是在北平，其次是成都或青岛，至坏也得在苏州。无论怎样吧，反正必须在中国，因为中国是顶文明平安的国家；理想的家庭必在理想的国内也。

世间相

——丰子恺

把日常生活的感兴用“漫画”描写出来——换言之，把日常所见的可惊、可喜、可悲、可哂之相，就用写字的毛笔草草地涂写出来——听人拿去印刷了给大家看，这事在我约有了十年的历史，仿佛是一种习惯了。中国人崇尚“不求人知”，西洋人也有“What's in your heart let no one know”[①]的话。我正同他们的相反，专门画给人家看，自己却从未仔细回顾已发表的自己的画。偶然在别人处看到自己的画册，或者在报纸、杂志中翻到自己的插画，也好比在路旁的商店的样子窗中的大镜子里照见自己的面影，往往一瞥就走，不愿意细看。这是什么心理？很难自知。勉强平心静气地观察自己，大概是太稔熟，太关切，表面上反而变疏远了的缘故。中国人见了朋友或相识者

① 英文，意为“别让人知道你心里的事”。

都打招呼，表示互相亲爱；但见了自己的妻子，反而板起脸孔不搭白[1]，表示疏远的样子。我的不欢喜仔细回顾自己的画，大约也是出于这种奇妙的心理的吧？

约十年前，我家住在上海。住的地方迁了好几处，但总无非是一楼一底的“弄堂房子”，至多添了一间过街楼。现在回想起来，上海这地方真是十分奇妙：看似那么忙乱的，住在那里却非常安闲，家庭这小天地可以和忙乱的环境判然地隔离，而安闲地独立。我们住在乡间，邻人总是熟识的，有的比亲戚更亲切；白天门总是开着的，不断地有人进进出出；有了些事总是大家传说的，风俗习惯总是大家共通的。住在上海完全不然。邻人大都不相识，门镇日严扃着，别家死了人与你全不相干。故住在乡间看似安闲，其实非常忙乱；反之，在上海看似忙乱，其实非常安闲。关了前门，锁了后门，便成一个自由独立的小天地。在这里面由你选取甚样风俗习惯的生活：宁波人尽管度宁波俗的生活，广东人尽管度广东俗的生活。我们是浙江石门湾人，住在上海时也只管说石门湾的土白，吃石门湾式的饭菜，度石门湾式的生活，却与石门湾相去数百里。现在回想，这真是一种奇妙的生活！

除了出门以外，在家里所见的只是这个石门湾式的小天地。有时开出后门去换掉些头发，有时从过街楼上挂下一只篮

---

① 搭白：作者家乡方言，意为“搭腔”。

去买两只粽子，有时从阳台眺望屋瓦间浮出来的纸鸢，知道春已来到上海。但在我们这个小天地中，看不出春的来到。有时几乎天天同样，辨不出今日和昨日。有时连日没有一个客人上门，我妻每天的兴事，就是傍晚时光抱了瞻瞻，携了阿宝，到弄堂门口去等我回家。两岁的瞻瞻坐在他母亲的臂上，口里唱着："爸爸还不来，爸爸还不来！"六岁的阿宝拉住了她娘的衣裾，在下面同他和唱。瞻瞻在马路上扰攘往来的人群中认到了带着一叠书和一包食物回家的我，突然地欢呼舞蹈起来，几乎使他母亲的手臂撑不住。阿宝陪着他在下面跳舞，也几乎撕破了她母亲的衣裾。他们的母亲呢，笑着喝骂他们。当这时候，我觉得自己立刻化身为二人。其一人做了他们的父亲或丈夫，体验着小别重逢时的家庭团圆之乐；另一个人呢，远远地站了出来，从旁观察这一幕悲欢离合的活剧，看到一种可喜又可悲的世间相。

他们这样地欢迎我进去的，是上述的几与世间绝缘的小天地。这里是孩子们的天下。主宰这天下的，有三个角色，除了瞻瞻和阿宝之外，还有一个是四岁的软软，仿佛罗马的三头政治。日本人有Tototenka（父天下）、Kakatenka（母天下）之名，我当时曾模仿他们戏称我们这家庭为Tsetsetenka（瞻瞻天下）。因为瞻瞻在这三人之中势力最盛，好比罗马三头政治中的领胄。我呢，名义上是他们的父亲，实际上是他们的臣仆；而我自己却以为是站在他们这政治舞台下面的观剧者。丧失了美丽的童年时代，送尽了蓬勃的青年时代，而初入黯淡的中年时代的我，在这群真率的儿童生活中梦见了自己过去的幸福，觅得了自己已失的童心。我企慕他们的生活的天真，艳羡他们的世界的广大。觉得孩子们都有大丈夫气，大人比起他们来，个个都虚伪卑怯。又觉得人世间各种伟大的事业，不是那种虚伪卑怯的大人们所能致，都是具有孩子们似的大丈夫气的人所建设的。

我翻到自己的画册，便把当时的情景历历地回忆起来。例如：他们跟了母亲到故乡的亲戚家去看结婚，回到上海的家里时也就结起婚来。他们派瞻瞻做新官人。亲戚家的新官人曾经来向我借一顶铜盆帽。（注：当时我乡结婚的男子，必须戴一顶铜盆帽，穿长衫马褂，好像是代替清朝时代的红缨帽子、外套的。我在上海日常戴用的呢帽，常常被故乡的乡亲借去当作结婚的大礼帽用。）瞻瞻这两岁的小新官人也借我的铜盆帽去戴上了。他们派软软做新娘子。亲戚家的新娘子用红帕子把头蒙住，他们也拿母亲的红包袱把软软的头蒙住了。一个戴着铜盆帽好像苍蝇戴豆壳；一个蒙住红包袱好像猢狲扮把戏，但两人都认真得很，面孔板板的，跨步缓缓的，活像那亲戚家的结婚式中的人物。宝姐姐说："我做媒人，"拉住了这一对小夫妇而教他们参天拜地，拜好了又送他们到用凳子搭成的洞房里。

我家没有一个好凳，不是断了脚的，就是擦了漆的。它们当凳子给我们坐的时候少，当游戏工具给孩子们用的时候多。

在孩子们，这种工具的用处真真广大：请酒时可以当桌子用，搭棚时可以当墙壁用，做客人时可以当船用，开火车时可以当车站用。他们的身体比凳子高得有限，看他们搬来搬去非常吃力。有时汗流满面，有时被压在凳子底下。但他们好像为生活而拼命奋斗的劳动者，决不辞劳。汗流满面时可用一双泥污的小手来揩抹，被压在凳子底下时只要哭脱几声，就带着眼泪去工作。他们真可说是“快活的劳动者”。哭的一事，在孩子们有特殊的效用。大人们惯说：“哭有什么用？”原是他们的世界狭窄的缘故。在孩子们的广大的世界里，哭真有意想不到的效力。譬如跌痛了，只要尽情一哭，比服凡拉蒙灵得多，能把痛完全忘却，依旧遨游于游戏的世界中。又如泥人跌破了，也只要放声一哭，就可把泥人完全忘却，而热衷于别的玩具。又如花生米吃得不够，也只要号哭一下，便好像已经吃饱，可以起劲地去干别的工作了。总之，他们无论干什么事都认真而专心，把身心全部的力量拿出来干。哭的时候用全力去哭，笑的时候用全力去笑，一切游戏都用全力去干。干一件事的时候，把除这以外的一切别的事统统忘却。一旦拿了笔写字，便把注意力全部集中在纸上。纸放在桌上的水痕里也不管，衣袖带翻了墨水瓶也不管，衣裳角拖在火钵里燃烧了也不管。一旦知道同伴们有了有趣的游戏，冬晨睡在床里的会立刻从被窝钻出，穿了寝衣来参加；正在换衣服的会赤了膊来参加；正在洗浴的也会立刻离开浴盆，用湿淋淋的赤身去参加。被参加的团体中的人们，对于这浪漫的参加者也恬不为怪，因为他们大家把全精神沉浸在游戏的兴味中，大家入了“忘我”的三昧境，更无余暇顾到实际生活上的事及世间的习惯了。

成人的世界，因为受实际的生活和世间的习惯的限制，所以非常狭小苦闷。孩子们的世界不受这种限制，因此非常广大自由。年纪愈小，其所见的世界愈大。我家的三头政治团中势力瞻瞻最大，便是他年纪最小，所处的世界最广大自由的缘故。他见了天上的月亮，会认真地要求父母给他捉下来；见了已死的小鸟，会认真地喊它活转来；两把芭蕉扇可以认真地变成他的脚踏车；一只藤椅子可以认真地变成他的黄包车；戴了铜盆帽会立刻认真地变成新官人；穿了爸爸的衣服会立刻认真地变成爸爸。照他的热诚的欲望，屋里所有的东西应该都放在地上，任他玩弄；所有的小贩应该一天到晚集中在我家的门口，由他随时去买来吃弄；房子的屋顶应该统统除去，可以使他在家里随时望见月亮、鹞子和飞机；眠床里应该有泥土，种花草，养着蝴蝶与青蛙，可以让他一醒觉就在野外游戏。看他那热诚的态度，以为这种要求绝非梦想或奢望，应该是人力所能办到的。他以为人的一切欲望应该都是可能的。所以不能达到目的的时候，便那样愤慨地号哭。拿破仑的字典里没有“难”字，我家当时的瞻瞻的词典里一定没有“不可能”之一词。

我企慕这种孩子们的生活的天真，艳羡这种孩子们的世界的广大。或者有人笑我故意向未练的孩子们的空想界中找求荒唐的乌托邦，以为逃避现实之所。但我也可笑他们的屈服于现实，忘却人类的本性。我想，假如人类没有这种孩子们的空想的欲望，世间一定不会有建筑、交通、医药、机械等种种抵抗自然的建设，恐怕人类到今日还在茹毛饮血呢。所以我当时的心，被儿童所占据了。我时时在儿童生活中获得感兴。玩味这种感兴，描写这种感兴，成了当时我的生活的习惯。

欢喜读与人生根本问题有关的书，欢喜谈与人生根本问题有关的话，可说是我的一种习性。我从小不欢喜科学而欢喜文艺。为的是我所见的科学书，所谈的大都是科学的枝末问题，离人生根本很远；而我所见的文艺书即使最普通的《唐诗三百首》《白香词谱》等，也处处含有接触人生根本而耐人回味的字句。例如我读了“想得故园今夜月，几人相忆在江楼”，便会设身处地地做了思念故园的人，或江楼相忆者之一人，而无端地兴起离愁。又如读了“流光容易把人抛，红了樱桃，绿了芭蕉”，便会想起过去的许多的春花秋月，而无端地兴起惆怅。我看见世间的大人都为生活的琐屑事件所迷着，都忘记人生的根本；只有孩子们保住天真，独具慧眼，其言行多足供我欣赏者。八指头陀诗云：“吾爱童子身，莲花不染尘。骂之唯解笑，打亦不生嗔。对境心常定，逢人语自新。可慨年既长，物欲蔽天真。”我当时曾把这首诗用小刀刻在香烟管的边上。

这支香烟嘴一直跟随我，直到四五年前，有一天不见了。

以后我不再刻这诗在什么地方。四五年来，我的家里同国里一样的多难：母亲病了很久，后来死了；自己也病了很久，后来没有死。这四五年间，我心中不觉得有什么东西占据着，在我的精神生活上好比一册书里的几页空白。现在，空白页已经翻厌，似乎想翻出些下文来才好。我仔细向自己的心头探索，觉得只有许多乱杂的东西忽隐忽现，却并没有一物强固地占据着。我想把这几页空白当作被开的几个大"天窗"，使下文仍旧继续前文，然而很难能。因为昔日的我家的儿童，已在这数年间不知不觉地变成了少年少女，行将变为大人。他们已不能像昔日地占据我的心了。我原非一定要拿自己的子女来作为儿童生活赞美的对象，但是他们由天真烂漫的儿童渐渐变成拘谨驯服的少年少女，在我眼前实证地显示了人生黄金时代的幻灭，我也无心再来赞美那昙花似的儿童世界了。

古人诗云："去日儿童皆长大，昔年亲友半凋零。"这两句确切地写出了中年人的心境的虚空与寂寥。前天我翻阅自己的画册时，陈宝（就是阿宝，就是做媒人的宝姐姐）、宁馨（就是做新娘子的软软）、华瞻（就是做新官人的瞻瞻）都从学校放寒假回家，站在我身边同看。看到"瞻瞻新官人，软软新娘子，宝姐姐做媒人"的一幅，大家不自然起来。宁馨和华瞻脸上现出忸怩的笑，宝姐姐也表示决不肯再做媒人了。他们好比已经换了另一班人，不复是昔日的阿宝、软软和瞻瞻了。昔日我在上海的小家庭中所观察欣赏，而描写的那群天真烂漫的孩子，现在似乎早已不在人间了！他们现在都已疏远家庭，做了学校的学生。他们的生活都受着校规的约束、社会制度的限制和世智的拘束；他们的世界不复如昔日那样广大自由；他们早已不做房子没有屋顶和眠床里种花草的梦了。他们已不复是“快活的劳动者”，正在为分数而劳动，为名誉而劳动，为知识而劳动，为生活而劳动了。

我的心早已失了占据者。我带了这虚空而寂寥的心，彷徨在十字街头，观看他们所转入的社会，我想象这里面的人，个个是从那天真烂漫、广大自由的儿童世界里转出来的。但这里没有“花生米不满足”的人，却有许多面包不满足的人。这里没有“快活的劳动者”，只见锁着眉头的引车者，无食无衣的耕织者，挑着重担的颁白者，挂着白须的行乞者。这里面没有像孩子世界里所闻的号啕的哭声，只有细弱的呻吟，吞声的呜咽，幽默的冷笑和愤慨的沉默。这里面没有像孩子世界中所见的不屈不挠的大丈夫气，却充满了顺从、屈服、消沉、悲哀和诈伪、险恶、卑怯的状态。我看到这种种状态，又同昔日带了一叠书和一包食物回家，而在弄堂门口看见我妻提携了瞻瞻和阿宝等候着那时一样，自己立刻化身为二人。其一人做了这社会里的一分子，体验着现实生活的辛味；另一人远远地站出来，从旁观察这些状态，看到了可惊可喜可悲可哂的种种世间相。然而这情形和昔日不同：昔日的儿童生活相能“占据”我的心，能使我归顺他们；现在的世间相却只是常来“袭击”我这空虚寂寥的心而不能占据，不能使我归顺。因此我的生活的册子中，至今还是继续着空白的页，不知道下文是什么。也许空白到底，亦未可知啊。

节选自《谈自己的画》

山市

——郑振铎

未至滴翠轩时，听说那个地方占着山的中腰，是上下山必由之路，重要的商店都开设在那里。第二次清晨到楼下观望时，却很清静，不像市场的样子。楼下只有三间铺子。商务书馆是最大，此外还有一家出卖棉织衣服店，一家五金店。东边是下山之路，一面是山壁，一面是竹林；底下是铁路饭店。“这里下山要到三桥埠才有市集呢，”茶房告诉我说。西边上去，竹荫密密地遮盖在小路上，景物很不坏！——后来我曾时时到这条路上散步，但也不见有商店的影子。茶房说，由此上去，有好几家铺子，最大的元泰也在那里。我和心南先生沿了这条路走去，不到三四百余步，果然见几家竹器店、水果店，再过去是上海银行、元泰食物店及三五家牛肉庄、花边店、竹器店，如此而已。那就是所谓山市。但心南先生说，后山还有一个大市场，老妈子天天都到那里去买菜。

滴翠轩的楼廊，是最可赞许的地方，又阔又敞，眼界又远，是全座“轩”最好的所在。

一家竹器店正在编做竹的躺椅。“应该有一张躺椅放在廊前躺躺才好，”我这样想，便对这店的老板说，“这张躺椅卖不卖？”

“这是外国人定做的，您要，再替您做一张好了，三天就有。”

“照这样子，”我的身体躺在这将成的椅上试了一试，说，“还要长了二三吋。价钱要多少？”

“替外国人做，自然要贵些，这一张是四块钱，但您如果要，可以照本给您做。只要三块八角，不能再少。”

我望望心南先生，要他还价，因为这间铺子他曾买过几样东西，算是老主顾了。

“三块钱，我看可以做了，”心南先生说。

“不能，先生，实在不够本。”

“那么，三块四角钱吧，不做随便你，”我一边走，一边说。

“好了，好了，替您做一张就是。”

“三天以后，一定要有，尺寸不能短少，一定要比这张长三吋。”

“一定，一定，我们这里不会错的，说一句是一句，请先付定洋。”

我付了定洋，走了。

第二天去看，他们还没有动手做。

“怎么不做，来得及么？大后天一定要的，因为等要用。”

“有的，一定有的，请您放心。”

第三天早晨，到山上去，走过门前，顺便去看看，他们才在扎竹架子。

“明天椅子有没有？一定要送去的。”

“这两天生意太忙，对不起。后天给你送去吧。今天动手做，无论如何，明天不会好的。”

再过一天，见他们还没有把椅子送来，又跑去看。大体是已经做好了。老板说：“下午一定有，随即给你送来。”

躺在椅上试了一试，似乎不对，比前次的一张还要短。

“怎么更短了？”

“没有，先生，已经特别放长了。”

前次定做的那张椅子还挂在墙角，没有取去。

“把那张拿下来比比看。”我说。

一比，果然反短了二吋，不由人不生气！山里做买卖的人总以为比都市里会老实些，不料这种推测却完全错误！

“我不要了，说话怎么不作准？说好放长三吋的，怎么反短了二吋！”

“先生，没有短，是放长的，因为样子不同，前面靠脚处把您编得短些，所以您觉得它短了。”

“明明是短！”我用了尺去量后说。

争执了半天，结果是量好了尺寸，叫他们再做一只。两天后一定有。

这一次才没有偷减了尺寸。

每次到山脊上散步时，总觉得山后田间的景色很不坏。有一天绝早，天色还没有发亮，便起了床，自己预备洗脸水。到了一切都收拾好时，天色刚刚有些淡灰色。于是独自一人地便动身了。到了山脊，再往下走时，太阳已如大血盘似的出现于东方。山后有一个小市场，几家茶馆饭铺，几家米店，兼售青菜及鸡。还有一家肉店。集旁是一小队保安队的驻所，情况很寂寥，并不热闹。心南先生所说的市集，难道就是这里么？我有些怀疑。

由这市集再往下走，沿途风物很秀美。满山都是竹林，间有流泉淙淙地作响。有一座小桥，架于溪上，几个村姑在溪潭旁捶洗衣服。在在都可入画。只是路途渐渐地峻峭了，毁坏了，有时且寻不出途径，一路都是乱石。走了半个钟头，还没有到山脚。头上汗珠津津地渗出，太阳光在这边却还没有，因为是山阴。沿路一个人也没有遇到。良久，才见下面有一个穿蓝布衣的人向上走。到了临近，见他手执一个酱油瓶，知道是到市集去的。

“这里到山脚下还有多少路？”

他以怀疑的眼光望着我，答道：“远呢，远呢，还有三五里路呢。你到那边有什么事？”

“不过游玩游玩而已。”

“山路不好走呢。一路上都是石子，且又高峻。”

我不理他，继续地走下去，不到半里路，却到了一个村落，且路途并不坏，较上面的一段平坦多了。不知这个人为什么要说谎。一条溪水安舒地在平地上流着，红冠的白鹅安舒地在水面上游着。一群孩子立在水中拍水为戏，嘻嘻哈哈地大笑大叫，母亲们正在水边洗菜蔬。屋上的烟囱中，升出一缕缕的炊烟。

一只村犬见了生人，汪汪地大叫起来，四面的犬应声而吠，这安静的晨村，立刻充满了紧张的恐怖气象。孩子们和母亲们都停了游戏，停了工作，诧异地望着我。几只犬追逐在后面吠叫。亏得我有一根司的克护身，才能把它们吓跑了。它们只远远地追吠，不敢走近来。山行真不能不带司的克，一面可以为行山之助，一面又可以防身，走到草莽丛杂时，可以拨打开蛇虫之类，同时还可以吓吓犬！

沿了溪边走下去，一路都是水田，用竹竿搭了一座瓜架，就架在水面上；满架都是黄色的花，也已有几个早结的绿皮的瓜。那样有趣而可爱的瓜架，我从不曾见过。再下面是一个深潭，绿色的水，莹静地停储在那里，我静静地立着，可以照见自己的面貌。高山如翠绿屏风似的围绕于三面。静悄悄的一点人声鸟声都没有。能在那里静立一二个钟头，那真是一种清福。但偶一抬头，却见太阳光已经照在山腰了。

一看表，已经七点，不能不回去了。再经过那个村落时，犬和人却都已进屋去，不再看见。到了市集，却忘了上山脊的路，去问保安队，他们却说不知。保安队会不知驻在地的路径，那真有些奇闻！我不再问他们，自己试了几次，终于到达了山脊，由那里到家，便是熟路了。

回家后，问问心南先生，他们说的大市集原来果是那里。山市竟是如此的寂寥的，那是我初想不到的；山中人原却并不比都市中人朴无欺诈，那也是我初想不到的。

第五辑

行走山河间，见众生，见自己

我躯体无限地长大，脚下的山峦比例我的身量，只是一块拳石；
这巨人披着散发，长发在风里像一面墨色的大旗，
飒飒地在飘荡。这巨人竖立在大地的顶尖上，仰面向着东方，
平拓着一双长臂，在盼望，在迎接，在催促，在默默地叫唤；
在崇拜，在祈祷，在流泪——
在流久慕未见而将见悲喜交互的热泪……

昆明的雨

——汪曾祺

宁坤要我给他画一张画，要有昆明的特点。我想了一些时候，画了一幅：右上角画了一片倒挂着的浓绿的仙人掌，末端开出一朵金黄色的花；左下画了几朵青头菌和牛肝菌。题了这样几行字：

> 昆明人家常于门头挂仙人掌一片以辟邪，仙人掌悬空倒挂，尚能存活开花。于此可见仙人掌生命之顽强，亦可见昆明雨季空气之湿润。雨季则有青头菌、牛肝菌，味极鲜腴。

我想念昆明的雨。

我以前不知道有所谓雨季。雨季，是到昆明以后才有了具体感受的。

我不记得昆明的雨季有多长，从几月到几月，好像是相当长的。但是并不使人厌烦。因为是下下停停、停停下下，不是连绵不断，下起来没完。而且并不使人气闷。我觉得昆明雨季气压不低，人很舒服。

昆明的雨季是明亮的、丰满的，使人动情的。城春草木深，孟夏草木长。昆明的雨季，是浓绿的。草木的枝叶里的水分都到了饱和状态，显示出过分的、近于夸张的旺盛。

我的那张画是写实的。我确实亲眼看见过倒挂着还能开花的仙人掌。旧日昆明人家门头上用以辟邪的多是这样一些东西：一面小镜子，周围画着八卦，下面便是一片仙人掌——在仙人掌上扎一个洞，用麻线穿了，挂在钉子上。昆明仙人掌多，且极肥大。有些人家在菜园的周围种了一圈仙人掌以代替篱笆——种了仙人掌，猪羊便不敢进园吃菜了。仙人掌有刺，猪和羊怕扎。

昆明菌子极多。雨季逛菜市场，随时可以看到各种菌子。最多，也最便宜的是牛肝菌。牛肝菌下来的时候，家家饭馆卖炒牛肝菌，连西南联大食堂的桌子上都可以有一碗。牛肝菌色如牛肝，滑，嫩，鲜，香，很好吃。炒牛肝菌须多放蒜，否则容易使人晕倒。青头菌比牛肝菌略贵。这种菌子炒熟了也还是浅绿色的，格调比牛肝菌高。菌中之王是鸡枞，味道鲜浓，无可方比。鸡枞是名贵的山珍，但并不真的贵得惊人。一盘红烧鸡枞的价钱和一碗黄焖鸡不相上下，因为这东西在云南并不难得。有一个笑话：有人从昆明坐火车到呈贡，在车上看到地上有一棵鸡枞，他跳下去把鸡枞捡了，紧赶两步，还能爬上火车。这笑话用意在说明昆明到呈贡的火车之慢，但也说明鸡枞随处可见。有一种菌子，中吃不中看，叫作干巴菌。乍一看那样子，真叫人怀疑：这种东西也能吃?！颜色深褐带绿，有点像一堆半干的牛粪或一个被踩破了的马蜂窝。里头还有许多草茎、松毛，乱七八糟！可是下点功夫，把草茎松毛择净，撕成蟹腿肉粗细的丝，和青辣椒同炒，入口便会使你张目结舌：这东西这么好吃?！还有一种菌子，中看不中吃，叫鸡油菌。都是一般大小，有一块银圆那样大，滴溜儿圆，颜色浅黄，恰似鸡油一样。这种菌子只有做菜时配色用，没甚味道。

雨季的果子，是杨梅。卖杨梅的都是苗族女孩子，戴一顶小花帽子，穿着扳尖的绣了满帮花的鞋，坐在人家阶石的一角，不时吆唤一声“卖杨梅——”，声音娇娇的。她们的声音使得昆明雨季的空气更加柔和了。昆明的杨梅很大，有一个乒乓球那样大，颜色黑红黑红的，叫作“火炭梅”。这个名字起得真好，真是像一球烧得炽红的火炭！一点都不酸！我吃过苏州洞庭山的杨梅、井冈山的杨梅，好像都比不上昆明的火炭梅。

雨季的花是缅桂花。缅桂花即白兰花，北京叫作“把儿兰”（这个名字真不好听）。云南把这种花叫作缅桂花，可能最初这种花是从缅甸传入的，而花的香味又有点像桂花，其实这跟桂花实在没有什么关系——不过话又说回来，别处叫它白兰、把儿兰，它和兰花也挨不上呀，也不过是因为它很香，香得像兰花。我在家乡看到的白兰多是一人高，昆明的缅桂是大树！我在若园巷二号住过，院里有一棵大缅桂，密密的叶子，把四周房间都映绿了。缅桂盛开的时候，房东（是一个五十多岁的寡妇）和她的一个养女，搭了梯子上去摘，每天要摘下来好些，拿到花市上去卖。她大概是怕房客们乱摘她的花，时常给各家送去一些。有时送来一个七寸盘子，里面摆得满满的缅桂花！带着雨珠的缅桂花使我的心软软的，不是怀人，不是思乡。

雨，有时是会引起人一点淡淡的乡愁的。李商隐的《夜雨寄北》是为许多久客的游子而写的。我有一天在积雨少住的早晨和德熙从联大新校舍到莲花池去。看了池里的满池清水，看了着比丘尼装的陈圆圆的石像（传说陈圆圆随吴三桂到云南后出家，暮年投莲花池而死），雨又下起来了。莲花池边有一条小街，有一个小酒店，我们走进去，要了一碟猪头肉，半市斤酒（装在上了绿釉的土瓷杯里），坐了下来。雨下大了。酒店有几只鸡，都把脑袋反插在翅膀下面，一只脚着地，一动也不动地在檐下站着。酒店院子里有一架大木香花。昆明木香花很多。有的小河沿岸都是木香。但是这样大的木香却不多见。一棵木香，爬在架上，把院子遮得严严的。密匝匝的细碎的绿叶，数不清的半开的白花和饱胀的花骨朵，都被雨水淋得湿透了。我们走不了，就这样一直坐到午后。四十年后，我还忘不了那天的情味，写了一首诗：

莲花池外少行人，
野店苔痕一寸深。
浊酒一杯天过午，
木香花湿雨沉沉。

我想念昆明的雨。

可爱的成都

——老舍

到成都来，这是第四次。第一次是在四年前，住了五六天，参观全城的大概。第二次是在三年前，我随同西北慰劳团北征，路过此处，故仅留二日。第三次是慰劳归来，过此小住，留四日，见到不少的老朋友。这次——第四次——是受冯焕璋先生之约，去游灌县与青城山，由山上下来，顺便在成都玩几天。

成都是个可爱的地方。对于我，它特别的可爱，因为：

（一）我是北平人，而成都有许多与北平相似之处，稍稍使我减去些乡思。到抗战胜利后，我想，我总会再来一次，多住些时候，写一部以成都为背景的小说。在我的心中，此地方好像也都很像人似的，有个性格。我不喜上海，因为我抓不住它的性格，说不清它到底是怎么一回事。我不能与我所不明白的人交朋友，也不能描写我所不明白的地方。对成都，真的，我知道的事情太少了；但是，我相信会借它的光儿写出一点东西来。我似乎已看到了它的灵魂，因为它与北平相似。

（二）我有许多老友在成都。有朋友的地方就是好地方。这诚然是个人的偏见，可是恐怕谁也免不了这样去想吧。况且成都的本身已经是可爱的呢。八年前，我曾在齐鲁大学教过书。“七七”抗战后，我又由青岛移回济南，仍住齐大。我由济南流亡出来，我的妻小还留在齐大，住了一年多。齐大在济南的校舍现在已被敌人完全占据，我的与朋友们的一切书籍器物已被劫一空，那么，今天又能在成都会见共患难的老友，是何等的快乐呢！衣物、器具、书籍，丢失了，有什么关系！我们还有命，还能各守岗位地去忍苦抗敌，这就值得共进一杯酒了！抗战前，我在山东大学也教过书。这次，在华西坝，无意中地也遇到几位山大的老友，“惊喜欲狂”一点也不是过火的形容。一个人的生命，我以为，是一半儿活在朋友中的。假若这句话没有什么错误，我便不能不“因人及地”地喜爱成都了。啊，这里还有几十位文艺界的友人呢！与我的年纪差不多的，如郭子杰、叶圣陶、陈翔鹤诸先生，握手的时节，不知为何，不由得就彼此先看看头发——都有不少根白的了，比我年纪轻一点的呢，虽然头发不露痕迹，可是也都显着消瘦，霜鬓瘦脸本是应该引起悲愁的事，但是，为了抗战而受苦，为了气节而不肯折腰，瘦弱衰老不是很自然的结果么？这真是悲喜俱来，另有一番滋味了！

（三）我爱成都，因为它有手有口。先说手，我不爱古玩，第一因为不懂，第二因为没有钱。我不爱洋玩艺，第一因为它们洋气十足，第二因为没有美金。虽不爱古玩与洋东西，但是我喜爱现代的手造的相当美好的小东西。假若我们今天还能制造一些美好的物件，便是表示了我们民族的爱美性与创造力仍然存在，并不逊于古人。中华民族在雕刻、图画、建筑、制铜、造瓷……上都有特殊的天才。这种天才在造几张纸，制两块墨砚，打一张桌子，漆一两个小盒上都随时地表现出来。美的心灵使他们的手巧。我们不应随便丢失了这颗心。因此，我爱现代的手造的美好的东西。北平有许多这样的好东西，如地毯、珐琅、玩具……但是北平还没有成都这样多。成都还存着我们民族的巧手。我绝对不是反对机械，而只是说，我们在大的工业上必须采取西洋方法，在小工业上则须保存我们的手。谁知道这二者有无调谐的可能呢？不过，我想，人类文化的明日，恐怕不是家家造大炮，户户有坦克车，而是要以真理代替武力，以善美代替横暴。果然如此，我们便应想一想是否该把我们的心灵也机械化了吧？次说口：成都人多数健谈。文化高的地方都如此，因为“有”话可讲。但是，这且不在话下。

这次，我听到了川剧，洋琴与竹琴。川剧的复杂与细腻，在重庆时我已领略了一点。到成都，我才听到真好的川剧。很佩服贾佩之、萧楷成、周企何诸先生的口。我的耳朵不十分笨，连昆曲——听过几次之后——都能哼出一句半句来。可是，已经听过许多次川剧，我依然一句也哼不出。它太复杂，在牌子上，在音域上，恐怕它比任何中国的歌剧都复杂得好多。我希望能用心地去学几句。假若我能哼上几句川剧来，我想，大概就可以不怕学不会任何别的歌唱了。竹琴本很简单，但在贾树三的口中，它变成极难唱的东西。他不轻易放过一个字去，他用气控制着情，他用“抑”逼出“放”，他由细嗓转到粗嗓而没有痕迹。我希望成都的口，也和它的手一样，能保存下去。我们不应拒绝新的音乐，可也不应把旧的扫灭。恐怕新旧相通，才能产出新的而又是民族的东西来吧。

还有许多话要说，但是很怕越说越没有道理，前边所说的那一点恐怕已经是糊涂话啊！且就这机会谢谢侯宝璋先生给我在他的客室里安了行军床，吴先忧先生领我去看戏与洋琴，“文协”分会会员的招待，以及朋友们的赏酒饭吃！

苏州的回忆

——周作人

说是回忆，仿佛是与苏州有很深的关系，至少也总住过十年以上的样子，可是事实上却并不然。民国七八年间[①]坐火车走过苏州，共有四次，都不曾下车，所看见的只是车站内的情形而已。去年四月因事往南京，始得顺便至苏州一游，也只有两天的停留，没有走到多少地方，所以见闻很是有限。当时江苏日报社有郭梦鸥先生以外几位陪着我们走，在那两天的报上随时都有很好的报道，后来郭先生又有一篇文章，登在第三期的《风雨谈》上，此外实在觉得更没有什么可以记录的了。但是，从北京远迢迢地往苏州走一趟，现在也不是容易事，其时又承本地各位先生恳切招待，别转头来走开之后，再不打一声招呼，似乎也有点对不起。现在事已隔年，印象与感想都渐就

① 即 1918—1919 年。

着落，虽然比较地简单化了，却也可以稍得要领，记一点出来，聊以表示对于苏州的恭敬之意，至于旅人的话，谬误难免，这是要请大家见恕的了。

我旅行过的地方很少，有些只根据书上的图像，总之我看见各地方的市街与房屋，常引起一个联想，觉得东方的世界是整个的。譬如中国、日本、朝鲜、琉球，各地方的家屋，单就照片上看也罢，便会确凿地感到这里是整个的东亚。我们再看乌鲁木齐、宁古塔、昆明各地方，又同样地感觉这里的中国也是整个的。可是在这整个之中别有其微妙的变化与推移，看起来亦是很有趣味的事。以前我从北京回绍兴去，浦口下车渡过长江，就的确觉得已经到了南边，及车抵苏州站，看见月台上车厢里的人物声色，便又仿佛已入故乡境内，虽然实在还有五六百里的距离。现在通称江浙，有如古时所谓吴越或吴会，本来就是一家，杜荀鹤有几首诗说得很好，其一《送人游吴》云：

君到姑苏见，人家尽枕河。
古宫闲地少，水港小桥多。
夜市卖菱藕，春船载绮罗。
遥知未眠月，乡思在渔歌。

又一首《送友游吴越》云：

去越从吴过，吴疆与越连。

有园多种橘，无水不生莲。

夜市桥边火，春风寺外船。

此中偏重客，君去必经年。

诗固然做得好，所写事情也正确实，能写出两地相同的情景。我到苏州第一感觉的也是这一点，其实即是证实我原有的漠然的印象罢了。我们下车后，就被招待游灵岩去，先到木渎在石家饭店吃过中饭。从车站到灵岩，第二天又出城到虎丘，这都是路上风景好，比目的地还有意思，正与游兰亭的人是同一经验。我特别感觉有趣味的，乃是在木渎下了汽车，走过两条街往石家饭店去时，看见那里的小河、小船、石桥，两岸枕河的人家，觉得和绍兴一样，这是江南的寻常景色，在我江东的人看了也同样的亲近，恍如身在故乡了。又在小街上见到一爿糕店，这在家乡极是平常，但北方绝无这些糕类，好些年前曾在《卖糖》这一篇小文中附带说及，很表现出一种乡愁来，现在却忽然遇见，怎能不感到喜悦呢。只可惜匆匆走过，未及细看这柜台上蒸笼里所放着的是什么糕点，自然更不能够买了来尝了。不过就只是这样看一眼走过了，也已很是愉快，后来不久在城里几处地方，虽然不是这店里所做，好的糕饼也吃到好些，可以算是满意了。

第二天往马医科巷，据说这地名本来是蚂蚁窠巷，后为转讹，并不真是有过马医牛医住在那里，去拜访俞曲园先生的春在堂。南方式的厅堂结构原与北方不同，我在曲园前面的堂屋里徘徊良久之后，再往南去看俞先生著书的两间小屋，那时所见这些过廊、侧门、天井种种，都恍惚是曾经见过似的，又流连了一会儿。我对同行的友人说，平伯有这样好的老屋在此，何必留滞北方，我回去应当劝他南归才对。说的虽是半玩半笑的话，我的意思却是完全诚实的，只是没有为平伯打算罢了，那所大房子就是不加修理，只说点灯，装电灯固然了不得，石油没有，植物油又太贵，都无办法，故即欲为点一盏读书灯计，亦自只好仍旧蛰居于北京之古槐书屋矣。我又去拜谒章太炎先生墓，这是在锦帆路章宅的后园里，情形如郭先生文中所记，兹不重述。章宅现由省政府宣传处明处长借住，我们进去稍坐，是一座洋式的楼房，后边讲学的地方云为外国人所占用，尚未能收回，因此我们也不能进去一看，殊属遗憾。俞、章两先生是清末民初的国学大师，却都别有一种特色，俞先生以经师而留心轻文学，为新文学运动之先河，章先生以儒家而兼治佛学，倡导革命，又承先启后，对于中国之学术与政治的改革至有影响，但是在晚年却又不约而同地定住苏州，这可以说是非偶然的偶然，我觉得这里很有意义，也很有意思。俞、章两先生是浙西人，对于吴地很有情分，也可以算是一小部分的理由，但其重要的原因还当别有所在。由我看去，南京、上海、杭州，均各有其价值与历史，唯若欲求多有文化的空气与环境者，大约无过苏州了吧。两先生的意思或者看重这一点，也未可定。现在南京有中央大学，杭州也有浙江大学了，我以为在苏州应当有一个江苏大学，顺应其环境与空气，特别向人文科学方面发展，完成两先生之宏业大愿，为东南文化确立其根基，此亦正是丧乱中之一切要事也。

在苏州的两个早晨过得很好，都有好东西吃，虽然这说得似乎有点俗，但是事实如此，而且谈起苏州，假如不讲到这一点，我想终不免是一个罅漏。若问好东西是什么，其实我是乡下粗人，只知道是糕饼点心，到口便吞，并不曾细问种种的名号。我只记得乱吃得很不少，当初《江苏日报》或是郭先生的大文里仿佛有着记录。我常这样想，一国的历史与文化传得久远了，在生活上总会留下一点痕迹，或是华丽，或是清淡，却无不是精炼的，这并不想要夸耀什么，却是自然应有的表现。我初来北京的时候，因为没有什么好点心，曾经发过牢骚，并非真是这样贪吃，实在也只为觉得它太寒碜，枉做了五百年首都，连一些细点心都做不出，未免丢人罢了。我们第一早晨在吴苑，次日在新亚，所吃的点心都很好，是我在北京所不曾见过的，后来又托朋友在采芝斋买些干点心，预备带回去给小孩辈吃，物事不必珍贵，但也很是精炼的，这尽够使我满意而且佩服，即此亦可见苏州生活文化之一斑了。

这里我特别感觉有趣味的，乃是吴苑茶社所见的情形。茶食精洁，布置简易，没有洋派气味，固已很好，而吃茶的人那么多，有的像是祖母老太太，带领家人妇子，围着方桌，悠悠地享用，看了很有意思。性急的人要说，在战时这种态度行么？我想，此刻现在，这里的人这么做是并没有什么错的。大抵中国人多受孟子思想的影响，他的态度不会得一时急变，若是因战时而面粉白糖渐渐不见了，被迫得没有点心吃，出于被动的事那是可能的。总之在苏州，至少是那时候，见了物资充裕，生活安适，由我们看惯了北方困穷的情形的人看去，实在是值得称赞与羡慕。

我在苏州感觉得不很适意的也有一件事，这便是住处。据说苏州旅馆绝不容易找，我们承公家的斡旋得能在乐乡饭店住下，已经大可感谢了，可是老实说，实在不大高明。设备如何都没有关系，就只苦于太热闹，那时我听见打牌声，幸而并不在贴夹壁，更幸而没有拉胡琴唱曲的，否则次日往虎丘去时马车也将坐不稳了。就是像沧浪亭的旧房子也好，打扫几间，让不爱热闹的人可以借住，一面也省得去占忙的房间，妨碍人家的娱乐，倒正是一举两得的事吧。

在苏州只住了两天，离开苏州已将一年了，但是有些事情还清楚地记得，现在写出来几项以为纪念，希望将来还有机缘再去，或者长住些时光，对于吴语文学的发源地更加以观察与认识也。

泰山日出

——徐志摩

我们在泰山顶上看出太阳。在航过海的人，看太阳从地平线下爬上来，本不是奇事；而且我个人是曾饱饫过红海与印度洋无比的日彩的。但在高山顶上看日出，尤其在泰山顶上，我们无餍的好奇心，当然盼望一种特异的境界，与平原或海上不同的。果然，我们初起时，天还暗沉沉的，西方是一片的铁青，东方些微有些白意，宇宙只是——如用旧词形容——一体莽莽苍苍的。但这是我一面感觉劲烈的晓寒，一面睡眼不曾十分醒豁时约略的印象。等到留心回览时，我不由得大声地狂叫——因为眼前只是一个见所未见的境界。原来昨夜整夜暴风的工程，却砌成一座普遍的云海。除了日观峰与我们所在的玉皇顶以外，东西南北只是平铺着弥漫的云气。在朝旭未露前，宛似无量数厚毳长绒的绵羊，交颈接背地眠着，卷耳与弯角都依稀辨认得出。那时候在这茫茫的云海中，我独自站在雾霭溟濛的小岛上，发生了奇异的幻想——

我躯体无限地长大，脚下的山峦比例我的身量，只是一块拳石；这巨人披着散发，长发在风里像一面墨色的大旗，飒飒地在飘荡。这巨人竖立在大地的顶尖上，仰面向着东方，平拓着一双长臂，在盼望，在迎接，在催促，在默默地叫唤；在崇拜，在祈祷，在流泪——在流久慕未见而将见悲喜交互的热泪……

这泪不是空流的，这默祷不是不生显应的。

巨人的手，指向着东方——

东方有的，在展露的，是什么?

东方有的是瑰丽荣华的色彩，东方有的是伟大普照的光明——出现了，到了，在这里了……

玫瑰汁、葡萄浆、紫荆液、玛瑙精、霜枫叶——大量的染工，在层累的云底工作，无数蜿蜒的鱼龙，爬进了苍白色的云堆。

一方的异彩，揭去了满天的睡意，唤醒了四隅的明霞——光明的神驹，在热奋地驰骋……

云海也活了；眠熟了兽形的涛澜，又回复了伟大的呼啸，昂头摇尾地向着我们朝露染青馒形的小岛冲洗，激起了四岸的水沫浪花，震荡着这生命的浮礁，似在报告光明与欢欣之临在……

再看东方——海句力士已经扫荡了他的阻碍，雀屏似的金霞，从无垠的肩上产生，展开在大地的边沿。起……起……用力，用力。纯焰的圆颅，一探再探地跃出了地平，翻登了云背，临照在天空……

歌唱呀，赞美呀，这是东方之复活，这是光明的胜利……

散发祷祝的巨人，他的身彩横亘在无边的云海上，已经渐渐地消翳在普遍的欢欣里；现在他雄浑的颂美的歌声，也已在霞彩变幻中，普彻了四方八隅……

听呀，这普彻的欢声；看呀，这普照的光明！

南京

——朱自清

南京是值得留连的地方，虽然我只是来来去去，而且又都在夏天。也想夸说夸说，可惜知道的太少；现在所写的，只是一个旅行人的印象罢了。

逛南京像逛古董铺子，到处都有些时代侵蚀的遗痕。你可以摩挲，可以凭吊，可以悠然遐想；想到六朝的兴废，王谢的风流，秦淮的艳迹。这些也许只是老调子，不过经过自家一番体贴，便不同了。所以我劝你上鸡鸣寺去，最好选一个微雨天或月夜。在朦胧里，才酝酿着那一缕幽幽的古味。你坐在一排明窗的豁蒙楼上，吃一碗茶，看面前苍然蜿蜒着的台城。台城外明净荒寒的玄武湖就像大涤子的画。豁蒙楼一排窗子安排得最有心思，让你看的一点不多，一点不少。寺后有一口灌园的井，可不是那陈后主和张丽华躲在一堆儿的“胭脂井”。那口胭脂井不在路边，得颇费点工夫寻觅。井栏也不在井上；要看，得老远地上明故宫遗址的古物保存所去。

从寺后的园地，拣着路上台城；没有垛子，真像平台一样。踏在茸茸的草上，说不出的静。夏天白昼有成群的黑蝴蝶，在微风里飞；这些黑蝴蝶上下旋转地飞，远看像一根粗的圆柱子。城上可以望南京的每一角。这时候若有个熟悉历代形势的人，给你指点，隋兵是从这角进来的，湘军是从那角进来的，你可以想象异样装束的队伍，打着异样的旗帜，拿着异样的武器，汹汹涌涌地进来，远远仿佛还有哭喊之声。假如你记得一些金陵怀古的诗词，趁这时候暗诵几回，也可印证印证，许更能领略作者当日的情思。

从前可以从台城爬出去，在玄武湖边；若是月夜，两三个人，两三个零落的影子，歪歪斜斜地挪移下去，够多好。现在可不成了，得出寺，下山，绕着大弯儿出城。七八年前，湖里几乎长满了苇子，一味的荒寒，虽有好月光，也不大能照到水上；船又窄，又小，又漏，教人逛着愁着。这几年大不同了，一出城，看见湖，就有烟水苍茫之意；船也大多了，有藤椅子可以躺着。水中岸上都光光的；亏得湖里有五个洲子点缀着，不然便一览无余了。这里的水是白的，又有波澜，俨然长江大河的气势，与西湖的静绿不同，最宜于看月，一片空蒙，无边无界。若在微醺之后，迎着小风，似睡非睡地躺在藤椅上，听着船底汩汩的波响与不知何方来的箫声，真会教你忘却身在哪里。五个洲子似乎都局促无可看，但长堤宛转相通，却值得走走。湖上的樱桃最出名。据说樱桃熟时，游人在树下现买、现摘、现吃，谈着笑着，多热闹的。

清凉山在一个角落里，似乎人迹不多。扫叶楼的安排与豁蒙楼相仿佛，但窗外的景象不同。这里是滴绿的山环抱着，山下一片滴绿的树；那绿色真是扑到人眉宇上来。若许我再用画来比，这怕像王石谷的手笔了。在豁蒙楼上不容易坐得久，你至少要上台城去看看。在扫叶楼上却不想走；窗外的光景好像满为这座楼而设，一上楼便什么都有了。夏天去确有一股"清凉"味。这里与豁蒙楼全有素面吃，又可口，又贱。

莫愁湖在华严庵里。湖不大，又不能泛舟，夏天却有荷花荷叶。临湖一带屋子，凭栏眺望，也颇有远情。莫愁小像，在胜棋楼下，不知谁画的，大约不很古吧；但脸子开得秀逸之至，衣褶也柔活之至，大有"挥袖凌虚翔"的意思；若让我题，我将毫不踌躇地写上"仙乎仙乎"四字。另有石刻的画像，也在这里，想来许是那一幅画所从出；但生气反而差得多。这里虽也临湖，因为屋子深，显得阴暗些；可是古色古香，阴暗得好。诗文联语当然多，只记得王湘绮的半联云："莫轻他北地胭脂，看艇子初来，江南儿女无颜色。"气概很不错。所谓胜棋楼，相传是明太祖与徐达下棋，徐达胜了，太祖便赐给他这一所屋子。太祖那样人，居然也会做出这种雅事来了。左手临湖的小阁却敞亮得多，也敞亮得好。有曾国藩画像，忘记是谁横题着"江天小阁坐人豪"一句。我喜欢这个题句，"江天"与"坐人豪”，景象阔大，使得这屋子更加开朗起来。

秦淮河我已另有记。但那文里所说的情形，现在已大变了。从前读《桃花扇》《板桥杂记》一类书，颇有沧桑之感；现在想到自己十多年前身历的情形，怕也会有沧桑之感了。前年看见夫子庙前旧日的画舫，那样狼狈的样子，又在老万全酒栈看秦淮河水，差不多全黑了，加上巴掌大、透不出气的所谓秦淮小公园，简直有些厌恶，再别提做什么梦了。贡院原也在秦淮河上，现在早拆得只剩一点儿了。民国五年[①]父亲带我去看过，已经荒凉不堪，号舍里草都长满了。父亲曾经办过江南闱差，熟悉考场的情形，说来头头是道。他说考生入场时，都有送场的，人很多，门口闹嚷嚷的。天不亮就点名，搜夹带。大家都归号。似乎直到晚上，头场题才出来，写在灯牌上，由号军扛着在各号里走。所谓“号”，就是一条狭长的胡同，两旁排列着号舍，口儿上写着什么天字号、地字号等等的。每一号舍之大，恰好容一个人坐着；从前人说是像轿子，真不错。几天里吃饭、睡觉、做文章，都在这轿子里；坐的伏的各有一块硬板，如是而已。官号稍好一些，是给达官贵人的子弟预备的，但得补褂朝珠地入场，那时是夏秋之交，天还热，也够受的。父亲又说，乡试时场外有兵巡逻，防备通关节。场内也竖起黑幡，叫鬼魂们有冤报冤，有仇报仇；我听到这里，有点毛

① 即1916年。

骨悚然。现在贡院已变成碎石路；在路上走的人，怕很少想起这些事情的了吧？

明故宫只是一片瓦砾场，在斜阳里看，只感到李太白《忆秦娥》的“西风残照，汉家陵阙”二语的妙。午门还残存着，遥遥直对洪武门的城楼，有万千气象。古物保存所便在这里，可惜规模太小，陈列得也无甚次序。明孝陵道上的石人石马，虽然残缺零乱，还可见泱泱大风；享殿并不巍峨，只陵下的隧道，阴森袭人，夏天在里面待着，凉风沁人肌骨。这陵大概是开国时草创的规模，所以简朴得很；比起长陵，差得真太远了。然而简朴得好。

雨花台的石子，人人皆知；但现在怕也捡不着什么了。那地方毫无可看。记得刘后村的诗云：“昔年讲师何处在，高台犹以‘雨花’名。有时宝向泥寻得，一片山无草敢生。”我所感的至多也只如此。还有，前些年南京枪决囚人都在雨花台下，所以洋车夫遇见别的车夫和他争先时，常说：“忙什么！赶雨花台去！”这和从前北京车夫说“赶菜市口儿”一样。现在时移势易，这种话渐渐听不见了。

燕子矶在长江里看，一片绝壁，危亭翼然，的确惊心动魄。但到了上边，逼窄污秽，毫无可以盘桓之处。燕山十二洞，去过三个。只三台洞层层折折，由幽入明，别有匠心，可是也年久失修了。

南京的新名胜，不用说，首推中山陵。中山陵全用青白两色，以象征青天白日，与帝王陵寝用红墙黄瓦的不同。假如红墙黄瓦有富贵气，那青琉璃瓦的享堂、青琉璃瓦的碑亭却有名贵气。从陵门上享堂，白石台阶不知多少级，但爬得够累的；然而你远看，绝想不到会有这么多的台阶儿。这是设计的妙处。德国波慈达姆无愁宫前的石阶，也同此妙。享堂进去也不小；可是远处看，简直小得可以，和那白石的飞阶不相称，一点儿压不住，仿佛高个儿戴着小尖帽。近处山角里一座阵亡将士纪念塔，粗粗的，矮矮的，正当着一个青青的小山峰，让两边儿的山紧紧抱着，静极，稳极。谭墓没去过，听说颇有点丘壑。中央运动场也在中山陵近处，全仿外洋的样子。全国运动会时，也不知有多少照相与描写登在报上；现在是时髦的游泳的地方。

若要看旧书，可以上江苏省立图书馆去。这在汉西门龙蟠里，也是一个角落里。这原是江南图书馆，以丁丙的善本书室藏书为底子；词曲的书特别多。此外中央大学图书馆近年来也颇有不少书。中央大学是个散步的好地方。宽大，干净，有树木；黄昏时去兜一个或大或小的圈儿，最有意思。后面有个梅庵，是那会写字的清道人的遗迹。这里只是随意地用树枝搭成的小小的屋子。庵前有一株六朝松，但据说实在是六朝桧；桧荫遮住了小院子，真是不染一尘。

南京茶馆里干丝很为人所称道。但这些人必没有到过镇江、扬州，那儿的干丝比南京细得多，又从来不那么甜。我倒是觉得芝麻烧饼好，一种长圆的，刚出炉，既香，且酥，又白，大概各茶馆都有。咸板鸭才是南京的名产，要热吃，也是香得好；肉要肥要厚，才有咬嚼。但南京人都说盐水鸭更好，大约取其嫩，其鲜；那是冷吃的，我可不知怎样，老觉得不大得劲儿。

山西通信

——林徽因

××××：

居然到了山西，天是透明的蓝，白云更流动得使人可以忘记很多的事，单单在一点什么感情底下，打滴溜转；更不用说到那山山水水，小堡垒，村落，反映着夕阳的一角庙、一座塔！景物是美得到处使人心慌心痛。

我是没有出过门的，没有动身之前不容易动，走出来之后却就不知道如何流落才好。旬日来眼看去的都是图画，日子都是可以歌唱的古事。黑夜里在山场里看河南来到山西的匠人，围住一个大红炉子打铁，火花和铿锵的声响，散到四团黑影里去。微月中步行寻到田垄废庙，划一根“取灯”偷偷照看那瞭望观音的脸，一片平静。几百年来，没有动过感情的，在那一闪光底下，倒像挂上一缕笑意。

我们因为探访古迹走了许多路；在种种情形之下感慨到古今兴废。在草丛里读碑碣，在砖堆中间偶然碰到菩萨的一双手一个微笑，都是可以激动起一些不平常的感觉来的。

乡村的各种浪漫的位置，秀丽天真；中间人物维持着老老实实的鲜艳颜色，老的扶着拐杖，小的赤着胸背，沿路上点缀的，尽是他们明亮的眼睛和笑脸。

由北平城里来的我们，东看看，西走走，夕阳背在背上，真和掉在另一个世界里一样！云块，天，和我们之间似乎失掉了一切障碍。我乐时就高兴地笑，笑声一直散到对河对山，说不定哪一个林子，哪一个村落里去！我感觉到一种平坦，竟许是辽阔，和地面恰恰平行着舒展开来，感觉的最边沿的边沿，和大地的边沿，永远赛着向前伸……

我不会说，说起来也只是一片疯话，人家不耐烦听。以我描写一些实际情形我又不大会，总而言之，远地里，一片田亩有人在工作，上面青的，黄的，紫的，分行地长着；每一处山坡上，有人在走路，放羊，迎着阳光，背着阳光，投射着转动的光影；每一个小城，前面站着城楼，旁边睡着小庙，那里又托出一座石塔，神和人，都服帖地，满足地，守着他们那一角天地，近地里，则更有的是热闹，一条街里站满了人，孩子头上梳着三个小辫子的，四个小辫子的，乃至于五六个小辫子的，衣服简单到只剩一个红兜肚，上面隐约也绣有她嬷嬷挑的两三朵花！

娘娘庙前面树荫底下，你又能阻止谁来看热闹？教书先生出来了，军队里兵卒拉着马过来了，几个女人娇羞地手拉着手，也扭着来站在一边了，小孩子争着挤，看我们照相，拉皮尺量平面，教书先生帮忙我们拓碑文。说起来这个那个庙，都是年代可多了，什么时候盖的，谁也说不清了！说话之人来得太多，我们工作实在发生困难了，可是我们大家都顶高兴的，小孩子一边抱着饭碗吃饭，一边睁着大眼看，一点子也不松懈。

我们走时总是一村子的人来送的，儿媳妇指着说给老婆婆听，小孩们跑着还要跟上一段路。开栅镇，小相村、大相村，哪一处不是一样的热闹，看到北齐天保三年造像碑，我们不小心地，漏出一个惊异的叫喊，他们乡里弯着背的、老点儿的人，就也露出一个得意的微笑，知道他们村里的宝贝，居然吓着这古怪的来客了。

“年代多了吧？”他们骄傲地问。“多了多了。”我们高兴地回答，“差不多一千四百年了。”“呀，一千四百年！”我们便一齐骄傲起来。

我们看看这里金元重修的，那里明季重修的殿宇，讨论那式样做法的特异处，塑像神气，手续，天就渐渐黑下来，嘴里觉到渴，肚里觉到饿，才记起一天的日子圆圆整整地就快结束了。回来躺在床上，绮丽鲜明的印象仍然挂在眼睛前边，引导着种种适意的梦，同时晚饭上所吃的菜蔬果子，便给养充实着我们明天的精力，直到一大颗太阳，红红地照在我们的脸上。

第六辑

我思故我在，心安即吾乡

喜欢但是不爱，爱却又并不喜欢，

可见喜欢与爱并不是一码事。喜欢，

是看某物好甚至极好，

随之而来的念头是：欲占有。

爱，则多是看某物不好或还不够好，

其实是盼望它好以至非常好，

随之而得的激励是：愿付出。

喜欢与爱

——史铁生

说真的，我并不喜欢我的家乡，可扪心而问，我的确又是爱它的。但愿前者不是罪行，后者也并非荣耀。大哲有言，“人是被抛到世界上来的”，故有权不喜欢某一处“被抛到”的地方。可我真又是多么希望家乡能变得让人喜欢呀，并愿为此付绵薄之力。

不过，我的确喜欢家乡的美食，可细想，我又真是不爱它。喜欢它，一是习惯了，二是它确实色香味俱佳。不爱它，是说我实在不想再为它做什么贡献；原因之一是它已然耗费了吾土吾民太多的财源和心力，二是它还破坏生态，甚至灭绝某些物种。

喜欢但是不爱，爱却又并不喜欢，可见喜欢与爱并不是一码事。喜欢，是看某物好甚至极好，随之而来的念头是：欲占有。爱，则多是看某物不好或还不够好，其实是盼望它好以至非常好，随之而得的激励是：愿付出。

尼采的“爱命运”也暗示了上述二者的不同。你一定喜欢你的命运吗？但无论如何你要爱它；既要以爱的态度对待你所喜欢的事物，也要以同样的态度对待你不喜欢的事物。大凡现实，总不会都让人喜欢，所以会有理想。爱是理想，是要使不好或不够好的事物好起来，便有“超人”的色彩。喜欢是满意、满足，甚至再无更高的期盼，一味地满意或满足者若非傻瓜，便是“末人”的征兆。

把喜欢当成爱，易使贪贼冒充爱者。以为爱你就不可以指责你，不能反对你，则会把爱者误认为敌人。所以，万不可将喜欢和爱强绑一处。对于高举爱旗——大到爱国，小到爱情——而一味颂扬和自吹自擂的人，凝神细看，定能见其贪图。

爱情也会有贪图吗？譬如傍大款的，哪个不自称是“爱情”？爱国者也可能有什么贪图吗？从古到今的贪官，有谁不说自己是“爱国者”？上述两类都不是爱而仅仅是喜欢，都没有“愿付出”而仅仅是“欲占有”。喜欢什么和占有什么呢？前者指向物利，后者还要美名。

爱情，追求喜欢与爱二者兼备。二者兼备实为难得的理想状态，爱情所以是一种理想。而婚姻，有互相的喜欢就行，喜欢淡去的日子则凭一纸契约来维系，故其已从理想的追求降格为法律的监管。美满家庭，一方面需要务实的家政——不容侵犯的二人体制和柴米油盐的经济管理，倘其乱套，家庭即告落魄，遂有解体之危；另一方面又要有务虚的理想或信仰——爱情，倘其削弱、消失或从来没有，家庭即告失魂，即便维持也是同床异梦。爱国的事呢，是否与此颇为相似？

不过，爱情的理想仅仅是两个人的理想吗？压根儿就生在孤岛上的一对男女，谈什么爱情呢？最多是相依为命。孤岛上的爱情，必有大陆或人群做背景——他们或者是一心渴望回归大陆，或者原就是为躲避人群的伤害。总之，唯在人群中，或有人群为其背景，爱情才能诞生，理想才能不死。仅有男女而无人群，就像只有种子而无阳光和土地。爱情，所以是博爱的象征，是大同的火种，是于不理想的现实中一次理想的实现，是“通天塔”的一次局部成功。爱情正如艺术，是“黑夜的孩子”，是“清晨的严寒”，是“深渊上的阶梯”，是“黑暗之子，等待太阳”。爱情如此，爱国也是这样啊，堂堂人类怎可让一条条国境线给搞糊涂呢！

良善家庭的儿女，从小就得到这样的教育：要关爱他人，要真诚对待他人，要善解人意，要虚心向别人学习……怎么长大了，一见国、族，倒常有相反的态度在大张旗鼓？还是没看懂“喜欢”与“爱”的区别吧。不爱人，只爱国，料也只是贪图其名，更实在的目的不便猜想。爱人，所以爱国，那也就不会借贬低邻人来张扬自己了——是这么个理儿吧？

旧

——梁实秋

“我爱一切旧的东西——老朋友、旧时代、旧习惯、古书、陈酿；而且我相信，陶乐赛，你一定也承认我一向是很喜欢一位老妻。”这是高尔斯密的名剧《委曲求全》（*She Stoops to Conquer*）中那位守旧的老头儿哈德卡索先生说的话。他的夫人陶乐赛听了这句话，心里有一点高兴，这风流的老头子还是喜欢她，但是也不是没有一点愠意，因为这一句话的后半段说穿了她的老。这句话的前半段没有毛病，他个人有此癖好，干别人什么事？而且事实上有很多人颇具同感，也觉得一切东西都是旧的好，除了朋友、时代、习惯、书、酒之外，有数不尽的事物都是越老越古越旧越陈越好。所以有人把这半句名言用花体正楷字母抄了下来，装在玻璃框里，挂在墙上，那意思好像是在向喜欢除旧布新的人挑战。

俗语说：“人不如故，衣不如新。”其实，衣着之类还是旧的舒适。新装上身之后，东也不敢坐，西也不敢靠，战战兢兢。我看见过有人全神贯注在他的新西装裤管上的那一条直线，坐下之后第一桩事便是用手在膝盖处提动几下，生恐膝部把他的笔直的裤管撑得变成了口袋。人生至此，还有什么趣味可说！看见过爱因斯坦的小照么？他总是披着那一件敞着领口胸怀的松松大大的破夹克，上面少不了烟灰烧出的小洞，更不会没有一片片的汗斑油渍，但是他在这件破旧衣裳遮盖之下，优哉游哉地神游于太虚之表。《世说新语》记载着："桓车骑不好着新衣。浴后，妇故进新衣与。车骑大怒，催使持去。妇更持还，传语云'衣不经新，何由而故？'桓公大笑，着之。"桓冲真是好说话，他应该说："有旧衣可着，何用新为？"也许他是为了保持阃内安宁，所以才一笑置之。"杀头而便冠"的事情，我还没有见过；但是"削足而适履"的行为，则颇多类似的例证。一般人穿的鞋，其制作、设计很少有顾到一只脚是有五个趾头的，穿这样的鞋虽然无需"削"足，但是我敢说五个脚趾绝对缺乏生存空间。有人硬是觉得，新鞋不好穿，敝屣不可弃。

"新屋落成"，金圣叹列为"不亦快哉"之一，快哉尽管快哉，随后那"树小墙新"的一段暴发气象却是令人难堪。"欲存老盖千年意，为觅霜根数寸栽"，但是需要等待多久！一栋建筑要等到相当破旧，才能有"树林阴翳，鸟声上下"之趣，才能有"苔痕上阶绿，草色入帘青"之乐。西洋的庭园，不时地要剪草，要修树，要打扮得新鲜耀眼，我们的园艺的标准显然地有些不同，即使是帝王之家的园囿，也要在亭阁楼台、画栋雕梁之外安排一个“濠濮间”“谐趣园”，表示一点点陈旧古老的萧瑟之气。至于讲学的上庠，要是墙上没有多年蔓生的常春藤，基脚上没有远年积留的苔藓，那还能算是第一流么？

旧的事物之所以可爱，往往是因为它有内容，能唤起人的回忆。例如阳历尽管是我们正式采用的历法，在民间则阴历仍不能废，每年要过两个新年，而且只有在旧年才肯“新桃换旧符”。明知地处亚热带，仍然未能免俗要烟熏火燎地制造常常带有尸味的腊肉。端午的龙舟粽子是不可少的，有几个人想到那“露才扬己，怨怼沉江”的屈大夫？还不是旧俗相因，虚应故事？中秋赏月，重九登高，永远一年一度地引起人们的不可磨灭的兴味。甚至腊八的那一锅粥，都有人难以忘怀。至于供个人赏玩的东西，当然是越旧越有意义。一把宜兴砂壶，上面有陈曼生制铭镌句，纵然破旧，气味自然高雅。“樗蒲锦背元人画，金粟笺装宋版书”，更是足以使人超然远举，与古人游。我有古钱一枚，“临安府行用，准叁百文省”，把玩之余不能不联想到南渡诸公之观赏西湖歌舞。我有胡桃一对，祖父常常放在手里揉动，噶咯噶咯地作响，后来又在我父亲手里揉动，也噶咯噶咯地响了几十年，圆滑红润，有如玉髓，真是先人手泽，现在轮到我手里噶咯噶咯地响了，好几次险些儿被我的儿孙辈敲碎取出桃仁来吃！每一个破落户都可以拿了几件旧东西来，这是不足为奇的事。国家亦然。多少衰败的古国都有不少的古物，可以令人惊羡、欣赏、感慨、唏嘘！

旧的东西之可留恋的地方固然很多，人生之应该日新又新的地方亦复不少。对于旧日的典章文物，我们尽管喜欢赞叹，可是我们不能永远盘桓在美好的记忆境界里，我们还是要回到这个现实的地面上来。在博物馆里我们面对商周的吉金、宋元明的书画瓷器，可是溜酸双腿走出门外，便立刻要面对挤死人的公共汽车、丑恶的市招和各种饮料一律通用的玻璃杯！

旧的东西大抵可爱，唯旧病不可复发。诸如夜郎自大的脾气、奴隶制度的残余、懒惰自私的恶习、蝇营狗苟的丑态、畸形病态的审美观念，以及罄竹难书的诸般病症，皆以早去为宜。旧病才去，可能新病又来，然而总比旧疴新恙一时并发要好一些。最可怕的是，倡言守旧，其实只是迷恋骸骨；唯新是骛，其实只是摭拾皮毛，那便是新旧之间两俱失之了。

寻路的人

——周作人

赠徐玉诺君：

我是寻路的人。我日日走着路寻路，终于还未知道这路的方向。

现在才知道了：在悲哀中挣扎着正是自然之路，这是与一切生物共同的路，不过我们单独意识着罢了。

路的终点是死，我们便挣扎着往那里去，也便是到那里以前不得不挣扎着。

我曾在西四牌楼看见一辆汽车载了一个强盗往天桥去处决，我心里想，这太残酷了，为什么不照例用敞车送的呢？为什么不使他缓缓地看沿路的景色，听人家的谈论，走过应走的路程，再到应到的地点，却一阵风地把他送走了呢？这真是太残酷了。

我们谁不坐在敞车上走着呢？有的以为是往天国去，正在歌笑；有的以为是下地狱去，正在悲哭；有的醉了，睡了。我们——只想缓缓地走着，看沿路的景色，听人家谈论，尽量地享受这些应得的苦和乐；至于路线如何，或是由西四牌楼往南，或是由东单牌楼往北，那有什么关系？

玉诺是于悲哀深有阅历的，这一回他的村寨被土匪攻破，只有他的父亲在外边，此外的人都还没有消息。他说，他现在没有泪了。——你也已经寻到了你的路了罢。

他的似乎微笑的脸，最令我记忆，这真是永远的旅人的颜色。我们应当是最大的乐天家，因为再没有什么悲观和失望了。

何处是归程

——庐隐

在纷歧的人生路上，沙侣也是一个怯生的旅行者。她现在虽然已是一个妻子和母亲了，但仍不时地徘徊歧路，悄问何处是归程。

这一天她预备请一个远方的归客，天色才朦胧，已经辗转不成梦了。她呆呆地望着淡紫色的帐顶——仿佛在那上边展露着紫罗兰的花影。正是四年前的一个春夜吧，微风暗送茉莉的温馨，眉月斜挂松尖把光筛洒在寂静的河堤上。她曾同玲素挽臂并肩，踯躅于嫩绿丛中。不过为了玲素去国，黯然的话别，一切的美景都染上离人眼中的血痕。

第二天的清晨，沙侣拿了一束紫罗兰花，到车站上送玲素。沙侣握着玲素的手说道："素姐，珍重吧！……四年后再见，但愿你我都如这含笑的春花，它是希望的象征呵！"那时玲素收了这花，火车已经慢慢地蠕动了——现在整整已经四年。

沙侣正眷怀着往事，不觉环顾自己的四围。忽看见身旁睡着十个月的孩子——绯红的双颊，垂复着长而黑的睫毛，娇小而圆润的面孔，不由得轻轻在他额上吻了一下。又轻轻坐了起来，披上一件绒布的夹衣，拉开蚊帐，金黄色的日光已由玻璃窗外射了进来。听听楼下已有轻微的脚步声，心想大约是张妈起来了吧。于是走到扶梯口轻轻喊了一声“张妈”，一个麻脸而微胖的妇人拿着一把铅壶上来了。沙侣扣着衣钮欠伸着道：“今天十点有客来，屋里和客厅的地板都要拖干净些……回头就去买小菜……阿福起来了吗？……叫他吃了早饭就到码头去接三小姐。另外还有一个客人，是和三小姐同轮船来的……她们九点钟到上海。早点去，不要误了事！”张妈放下铅壶，答应着去了。

沙侣走到梳妆台旁，正打算梳头，忽然看见镜子里自己的容颜老了许多，和墙上所挂的小照，大不同了。她不免暗惊岁月催人，梳子插在头上，怔怔地出起神来。她不住地想道：“这是怎么一回事呢？结婚，生子，做母亲……一切平淡地收束了，事业志趣都成了生命史上的陈迹……女人……这原来就是女人的天职。但谁能死心塌地地相信女人是这么简单的动物呢？……整理家务，扶养孩子，哦！侍候丈夫，这些琐碎的事情真够消磨人了。社会事业——由于个人的意志所发生的活动，只好不提吧……唉，真惭愧对今天远道的归客！——一别四年的玲素呵！她现在学成归国，正好施展她平生的抱负。她仿佛是光芒闪烁的北辰，可以为黑暗沉沉的夜景放一线的光明，为一切迷路者指引前程。哦，这是怎样的伟大和有意义！唉，我真太怯弱，为什么要结婚？妹妹一向抱独身主义，她的见识要比我高超呢！现在只有看人家奋飞，我已是时代的落伍者。十余年来所求知识，现在只好分付波臣，把一切都深埋海底吧。希望的花，随流光而枯萎，永远成为我灵宫里的一个残影呵！……”沙侣无论如何排解不开这骚愁的秘结，禁不住悄悄地拭泪。忽听见前屋丈夫的咳嗽声，知道他已醒了，赶忙喊张妈端盛面汤，预备点心，自己又跑过去替他拿替换的裤褂。一面又吩咐车夫吃早饭，把车子拉出去预备着。乱了一阵子，才想去洗脸，床上的小乖乖又醒了，连忙放下面巾，抱起小乖，喂奶，换尿布，壁上的钟已当当地敲了九下。客人就要来了，一切都还不曾预备好，沙侣顾不得了，如走马灯似的忙着。

沙侣走到院子里，采了几枝紫色的丁香插在白瓷瓶里，放在客厅的圆桌上。怅然坐在靠窗的沙发上，静静地等候玲素和她的三妹妹。在这沉寂而温馨的空气里，沙侣复重温她的旧梦，眼睫上不知何时又沾濡上泪液，仿佛晨露浸秋草。

不久门上的电铃，琅琅地响了。张妈“呀”的一声开了大门。一个年轻漂亮的女子，手里提了一个小皮包，含笑走了进来。沙侣忙上前握住她的手，似喜似怅地说道：“你们回来了。玲素呢……”“来了！沙侣！你好吗？想不到在这里看见你，听说你已经做了母亲，快让我看看我们的外甥……”沙侣默默地痴立着。玲素仿佛明白她的隐衷，因握着沙侣的手，恳切地说道：“歧路百出的人生长途上，你总算找到归宿，不必想那些不如意的事吧！”沙侣蒸郁的热泪，不能勉强地咽下去了。她哽咽着叹道：“玲姐，你何必拿这种不由衷的话安慰我，归宿——我真是不敢深想，譬如坑洼里的水，它永远不动，那也算是有了归宿，但是太无聊而浅薄了。如果我但求如此的归宿——如此的归宿便是人生的真义，那么世界还有什么缺陷？”

“这是为什么？姐姐。你难道有什么不如意的事吗？”沙侣摇头叹道：“妹妹，我哪敢妄求如意，世界上也有如意的事吗？只求事实与思想不过分地冲突，已经是万分的幸运了！”沙侣凄楚而深痛的语调，使得大家惘然了。三妹妹似不耐此种死一般的冷寂，站了起来，凭着窗子看院子里的蜜蜂，钻进花心采蜜。玲素依然紧握沙侣的手，安慰她道：“沙侣，不要太拘泥形迹吧，有什么难受的呢？世界上所谓的真理，原不是绝对的。什么伟大和不朽，究竟太片面了，何尝能解决整个的人生？——人生原来不是这样简单的，谁能够面面顾到？……如果天地是一个完整的，那么女娲氏倒不必炼石补天了，你也太想不开。”

“玲姐的话真不错，人生就仿佛是不知归程的旅行者，走到哪里算到哪里，只要是已经努力地走了，一切都可以卸责了。……姐姐总喜欢钻牛角尖，越钻越仄……我不怕你笑话，我独身主义的主张，近来有些摇动了……因为我已觉悟，固执是人生滋苦之因，不必拿别人说，只看我们的姑姑吧。”

“姑姑近来怎么样？前些日子听说她患失眠很厉害，最近不知好了没有？三妹妹，你从故乡来，也听到她的消息吗？”

“姐姐！你自然很仰慕姑姑的努力啰……人们有的说像她这样才算伟大，但是不幸同时也有人冷笑说她无聊，出风头，姑姑恨起来常常咬着嘴唇道：‘龃龉的人类，永远是残酷的呵！’但有谁理会她，隔膜仿佛铁壁铜墙般矗立在人与人的中间。”

玲素听见三妹妹慨然地说着，也不觉有些心烦意乱，但仍勉强保持她深沉的态度，淡淡地说道：“我想世上既没有兼全的事，那么随遇而安自多乐趣，又何必矫俗干名？”

沙侣摇头道：“玲姐！我相信你更比我明白一切，因此，我知道你的话还是为安慰我而发的。……究竟你也是替我咽着眼泪，何妨大家痛快些哭一场呢……我老实地告诉你吧，女孩子们的心，完全迷惑于理想的花园里。——玫瑰是爱情的象征，月光的洁幕下，恋人并肩地坐在花丛里，一切都超越人间，把两个灵魂搅和成一个，世界尽管和死般的沉寂，而他和她是息息相通的，是谐和的。唉，这种的诱惑力之下，谁能相信骨子里的真相呢！……简直完全不是这么一回事。——结婚的结果是把他和她从天上摔到人间，他们是为了家务的管理，和性欲的发泄而娶妻。更痛快点说吧，许多女子也是为了吃饭享福而嫁丈夫。——但是做着理想的花园的梦的女子，跑到这样的环境之下……玲姐，这难道不是悲剧吗？……前天芷芬来，她曾问我说：‘你现在怎么样？看着杂乱如麻的国事，竟没有一些努力的意思吗？’玲姐，你知道芷芬这话，使我如何地受刺激！但是罪过，我当时竟说出些自欺欺人的话。——‘我现在一切都不想了，抚养大了这个小孩子也就算了。高兴时写点东西，念点书，消遣消遣。我本是个小人物，且早已看淡了一切的虚荣。’……芷芬听罢，极不高兴，她用失望的眼光看着我道：‘你能安于此也好，不过我也有我的思想……将军上马，各自奔前程吧！’她大概看我是个不堪造就的废物，连坐也不坐便走了。当时我觉得很抱歉，并且再扪扪心，我何尝真是没有责任心？……呵，玲姐，怯弱的我只有悔恨我为什么要结婚呢？”沙侣说得十分伤心，不住地用罗巾拭泪。

但是三妹妹总不信，不结婚便可以成全一切，她回过头来看着沙侣和玲素说：“让我们再谈谈不结婚的姑姑罢。”

“玲姐和姐姐，你们脑子里都应有姑姑的印象吧？美丽如春花般的面孔，玲珑而窈窕的身材，正仿佛这漂亮而馥郁的丁香花。可是只有这时候，是丁香花的青春期，香色均臻浓艳，不过催人的岁月，和不肯为人驻足的春之女神，转眼走了，一切便都改观。如果到了鹃啼嫣红，莺恋残枝，已是春事阑珊，只落得眷念既往的青春，那又是如何地可悲，如何地冷落？……姑姑近来憔悴得多了，据我的观察，她或者正悔不曾及时地结婚呢！”

沙侣虽听了这话，但不敢深信，微笑道：“三妹妹，你不要太把姑姑看弱了。”

三妹妹辩道：“你听我讲她一段故事吧。”

“今年中秋月夜，我和她同在古山住着，这夜恰是满山的好月色，瀑布和涧流都闪烁着银色的光。晚饭后，我们沿着石路土阶，慢慢奔北山峰，那里如疏星般列着几块光滑的岩石，我们拣了一块三角形的，并肩坐下。忽从微风里悄送来阵阵的暗香，我们借着月色的皎朗，看见岩石上攀着不少的藤蔓，也有如珊瑚色的圆球，认不出是什么东西。在我们的脚下，凹下去的地方有一道山涧，正潺潺湲湲地流动。我们彼此无言地对坐着，不久忽听见悠扬的歌声，正从对山的礼拜堂里发出来。姑姑很兴奋地站起来说：‘美妙极了，此时此地，倘若说就在这时候死了，岂不……真的到了那一天，或者有许多人要叹道：可惜，可惜她死得太早了，如果不死，前途成就正未可量呢！……’我听了这话仿佛得了一种暗示，窥见姑姑心头隆起红肿的伤痕。——我因问道：‘姑姑，你为什么说这种短气的话，你的前途正远，大家都希望你把成功的消息报告他们呢。……’姑姑抚着我的肩叹道：‘三妹，你知道正是为了希望我的人多，我要早死了。只有死才能得到最大的同情。……想起两年前在北京为妇女运动奔走，如果只增加我一些惭愧，有些人竟赠了我一个准政客的刻薄名词。后来因为运动宪法修改委员，给我们相当的援助，更不知受了多少嘲笑。末了到底被人造了许多谣言，什么和某人订婚了。最残忍的竟有人说我要给某人做姨太太，并且不只侮辱我一个。他们在酒酣耳热的时候，从他们喷唾沫的口角上，往往流露出轻薄的微笑，跟着，他们必定要求一个结论道：这些女子都是拿着妇女运动作招牌，借题出风头。……你想我怎么受？……偏偏我们的同志又不争气，文兰和美真又闹起三角恋爱，一天到晚闹笑话，我不免愤恨终至于灰心。不久政局又发生了大变，国会解散……我们妇女同盟会也就冰消瓦解。在北京住着真觉无聊，更加着不知趣的某次长整天和我夹缠，使我决心离开北京。……还以为回来以后，再想法团结同志以图再举，谁知道这里的环境更是不堪！唉……我的前途茫茫，成败不可知，倘若事业终无希望……倒不如早些作个结束。……'"

"姑姑黯然地站在月光之下，也许是悄悄地垂泪，但我不忍对她逼视。当我在回来的路上，姑姑又对我说：'真的，我现在感到各方面都太孤零了。'玲姐，姑姑言外之意便可知了。"沙侣静听着，最后微笑道："那么还是结婚好！"

玲素并不理会她的话，只悄悄地打算盘，怎么办？结婚也不好，不结婚也不好，歧路纷出，到底何处是归程呵？她不觉深深地叹道："好复杂的人生！"

沙侣和三妹妹沉默了，大家各自想着心事。四围如死般的寂静，只有树梢头的黄鹂，正婉转着，巧弄它的珠喉呢。

论自己

——朱自清

翻开辞典，“自”字下排列着数目可观的成语，这些“自”字多指自己而言。这中间包括着一大堆哲学，一大堆道德，一大堆诗文和废话，一大堆人，一大堆我，一大堆悲喜剧。自己“真乃天下第一英雄好汉”，有这么些可说的，值得说值不得说的！难怪纽约电话公司研究电话里最常用的字，在五百次通话中会发现三千九百九十次的“我”。这“我”字便是自己称自己的声音，自己给自己的名儿。

自爱自怜！真是天下第一英雄好汉也难免的，何况区区寻常人！冷眼看去，也许只觉得那妄自尊大狂妄得可笑；可是这只见了真理的一半儿。掉过脸儿来，自爱自怜确也有不得不自爱自怜的。幼小时候有父母爱怜你，特别是有母亲爱怜你。到了长大成人，“娶了媳妇儿忘了娘”，娘这样看时就不必再爱怜你，至少不必再像当年那样爱怜你。——女的呢，“嫁出门的女儿，泼出门的水”；做母亲的虽然未必这样看，可是形格势禁而且鞭长莫及，就是爱怜得着，也只算找补点罢了。爱人该爱怜你？然而爱人们的嘴一例是甜蜜的，谁能说“你泥中有我，我泥中有你！”真有那么回事儿？赶到爱人变了太太，再生了孩子，你算成了家，太太得管家管孩子，更不能一心儿爱怜你。你有时候会病，“久病床前无孝子”，太太怕也够倦的，够烦的。住医院？好，假如有运气住到像当年北平协和医院样的医院里去，倒是比家里强得多。但是护士们看护你，是服务，是工作；也许夹上点儿爱怜在里头，那是“好生之德”，不是爱怜你，是爱怜“人类”。——你又不能老待在家里，一离开家，怎么着也算“做客”；那时候更没有爱怜你的。可以有朋友招呼你；但朋友有朋友的事儿，哪能教他将心常放在你身上？可以有属员或仆役伺候你，那——说得上是爱怜么？总而言之，天下第一爱怜自己的，只有自己；自爱自怜的道理就在这儿。

再说，“大丈夫不受人怜。”穷有穷干，苦有苦干；世界那么大，凭自己的身手，哪儿就打不开一条路？何必老是向人愁眉苦脸唉声叹气的！愁眉苦脸不顺耳，别人会来爱怜你？自己免不了伤心的事儿，咬紧牙关忍着，等些日子，等些年月，会平静下去的。说说也无妨，只别不拣时候不看地方老是向人叨叨，叨叨得谁也不耐烦地岔开你或者躲开你。也别怨天怨地将一大堆感叹的句子向人身上扔过去。你怨的是天地，倒碍不着别人，只怕别人奇怪你的火气怎么这样大。——自己也免不了吃别人的亏。值不得计较的，不做声吞下肚去。出入大的想法子复仇，力量不够，卧薪尝胆地准备着。可别这儿那儿尽嚷嚷——嚷嚷完了一扔开，倒便宜了那欺负你的人。“好汉胳膊折了往袖子里藏”，为的是不在人面前露怯相，要人爱怜这“苦人儿”似的，这是要强，不是装。说也怪，不受人怜的人倒是能得人怜的人；要强的人总是最能自爱自怜的人。

大丈夫也罢，小丈夫也罢，自己其实是渺乎其小的，整个儿人类只是一个小圆球上一些碳水化合物，像现代一位哲学家说的，别提一个人的自己了。庄子所谓马体一毛，其实还是放大了看的。英国有一家报纸登过一幅漫画，画着一个人，仿佛在一间铺子里，周遭陈列着从他身体里分析出来的各种元素，每种标明分量和价目，总数是五先令——那时合七元钱。现在物价涨了，怕要合国币一千元了吧？然而，个人的自己也就值区区这一千元儿！自己这般渺小，不自爱自怜着点又怎么着！然而，“顶天立地”的是自己，“天地与我并生，万物与我为一”的也是自己；有你说这些大处只是好听的话语，好看的文句？你能愣说这样的自己没有！有这么的自己，岂不更值得自爱自怜的？再说自己的扩大，在一个寻常人的生活里也可见出。且先从小处看。小孩子就爱搜集各国的邮票，正是在扩大自己的世界。从前有人劝学世界语，说是可以和各国人通信。你觉得这话幼稚可笑？可是这未尝不是扩大自己的一个方向。

再说这回抗战，许多人都走过了若干地方，增长了若干阅历。特别是青年人身上，你一眼就看出来，他们是和抗战前不同了，他们的自己扩大了。——这样看，自己的小，自己的大，自己的由小而大，在自己都是好的。

自己都觉得自己好，不错；可是自己的确也都爱好。做官的都爱做好官，不过往往只知道爱做自己家里人的好官，自己亲戚朋友的好官；这种好官往往是自己国家的贪官污吏。做盗贼的也都爱做好盗贼——好喽啰、好伙伴、好头儿，可都只在贼窝里。有大好，有小好，有好得这样坏。自己关闭在自己的丁点大的世界里，往往越爱好越坏。所以非扩大自己不可。但是扩大自己得一圈儿一圈儿地，得充实，得踏实。别像肥皂泡儿，一大就裂。“大丈夫能屈能伸”，该屈的得屈点儿，别只顾伸出自己去。也得估计自己的力量。力量不够的话，“人一能之，己百之；人十能之，己千之”；得寸是寸，得尺是尺。总之路是有的。看得远，想得开，把得稳；自己是世界的时代的一环，别脱了节才真算好。力量怎样微弱，可是是自己的。相信自己，靠自己，随时随地尽自己的一份儿往最好里做去，让自己活得有意思，一时一刻一分一秒都有意思。这么着，自爱自怜才真是有道理的。

大账簿

——丰子恺

我幼年时，有一次坐了船到乡间去扫墓。正靠在船窗口出神观看船脚边层出不穷的波浪的时候，手中拿着的不倒翁失足翻落河中。我眼看它跃入波浪中，向船尾方面滚腾而去，一刹那间形影俱杳，全部交付与不可知的渺茫的世界了。我看看自己的空手，又看看窗下的层出不穷的波浪，不倒翁失足的伤心地，再向船后面的茫茫白水怅望了一会，心中黯然地起了疑惑与悲哀。我疑惑不倒翁此去的下落与结果究竟如何，又悲哀这永远不可知的命运。它也许随了波浪流去，搁住在岸滩上，落入于某村童的手中；也许被渔网打去，从此做了渔船上的不倒翁；又或永远沉沦在幽暗的河底，岁久化为泥土，世间从此不再见这个不倒翁。我晓得这不倒翁现在一定有个下落，将来也一定有个结果，然而谁能去调查呢？谁能知道这不可知的命运呢？这种疑惑与悲哀隐约地在我心头推移。终于我想：父亲或者知道这究竟，能解除我这种疑惑与悲哀。不然，将来我年纪长大起来，总有一天能知道这究竟，能解除这疑惑与悲哀。

后来我的年纪果然长大起来。然而这种疑惑与悲哀，非但依旧不能解除，反而随了年纪的长大而增多增深了。我偕了小学校里的同学赴郊外散步，偶然折取一根树枝，当手杖用了一会，后来抛弃在田间的时候，总要对它回顾好几次，心中自问自答："我不知几时得再见它？它此后的结果不知究竟如何？我永远不得再见它了！它的后事永远不可知了！"倘是独自散步，遇到这种事的时候我更要依依不舍地流连一会。有时已经走了几步，又回转身去，把所抛弃的东西重新拾起来，郑重地道个诀别，然后硬着头皮抛弃它，再向前走。过后我也曾自笑这痴态，而且明明晓得这些是人生中惜不胜惜的琐事；然而那种悲哀与疑惑确实地充塞在我的心头，使我不得不然！

在热闹的地方，忙碌的时候，我这种疑惑与悲哀也会被压抑在心的底层，而安然地支配取舍各种事物，不复作如前的痴态。间或在动作中偶然浮起一点疑惑与悲哀来；然而大众的感化与现实的压迫的力非常伟大，立刻把它压制下去，它只在我的心头一闪而已。一到静僻的地方，孤独的时候，最是夜间，它们又全部浮出在我的心头了。灯下，我推开算术演草簿，提起笔来在一张废纸上信手涂写日间所谙诵的诗句："春蚕到死丝方尽，蜡炬成灰……"没有写完，就拿向灯火上，烧着了纸的一角。我眼看见火势滋滋地蔓延过来，心中又忙着和各个字道别。完全变成了灰烬之后，我眼前忽然分明现出那张字纸的完全的原形；俯视地上的灰烬，又感到了暗淡的悲哀：假定现在我要再见一见一分钟以前分明存在的那张字纸，无论托绅董、县官、省长、大总统，仗世界一切皇帝的势力，或尧舜、孔子、苏格拉底、基督等一切古代圣哲复生，大家协力帮我设法，也是绝对不可能的事了！——但这种奢望我决计没有。我只是看看那堆灰烬，想在没有区别的微尘中认识各个字的死骸，找出哪一点是春字的灰，哪一点是蚕字的灰。……又想象它明天朝晨被此地的仆人扫除出去，不知结果如何：倘然散入风中，不知它将分飞何处？春字的灰飞入谁家，蚕字的灰飞入谁家？……倘然混入泥土中，不知它将滋养哪几株植物？……都是渺茫不可知的千古的大疑问了。

吃饭的时候，一颗饭粒从碗中翻落在我的衣襟上。我顾视这颗饭粒，不想则已，一想又惹起一大篇的疑惑与悲哀来：不知哪一天哪一个农夫在哪一处田里种下一批稻，就中有一株稻穗上结着煮成这颗饭粒的谷。这粒谷又不知经过了谁的刈、谁的磨、谁的舂、谁的粜，而到了我们的家里，现在煮成饭粒，而落在我的衣襟上。这种疑问都可以有确实的答案；然而除了这颗饭粒自己晓得以外，世间没有一个人能调查，回答。

袋里摸出来一把铜板，分明个个有复杂而悠长的历史。钞票与银洋经过人手，有时还被打一个印；但铜板的经历完全没有痕迹可寻。它们之中，有的曾为街头的乞丐的哀愿的目的物，有的曾为劳动者的血汗的代价，有的曾经换得一碗粥，救济一个饿夫的饥肠，有的曾经变成一粒糖，塞住一个小孩的啼哭，有的曾经参与在盗贼的赃物中，有的曾经安眠在富翁的大腹边，有的曾经安闲地隐居在茅厕的底里，有的曾经忙碌地兼备上述的一切的经历。且就中又有的恐怕不是初次到我的袋中，也未可知。这些铜板倘会说话，我一定要尊它们为上客，恭听它们历述其漫游的故事。倘然它们会记录，一定每个铜板可著一册比《鲁滨逊漂流记》更奇离的奇书。但它们都像死也不肯招供的犯人，其心中分明秘藏着案件的是非曲直的实情，然而死也不肯泄漏它们的秘密。

现在我已行年三十，做了半世的人，那种疑惑与悲哀在我胸中，分量日渐增多；但刺激日渐淡薄，远不及少年时代以前的新鲜而浓烈了。这是我用功的结果。因为我参考大众的态度，看他们似乎全然不想起这类的事，饭吃在肚里，钱进入袋里，就天下太平，梦也不做一个。这在生活上的确大有实益，我就拼命以大众为师，学习他们的幸福。学到现在三十岁，还没有毕业。所学得的，只是那种疑惑与悲哀的刺激淡薄了一点，然其分量仍是跟了我的经历而日渐增多。我每逢辞去一个旅馆，无论其房间何等坏，臭虫何等多，临去的时候总要低徊一下子，想起“我有否再住这房间的一日？”又慨叹“这是永远的诀别了！”每逢下火车，无论这旅行何等劳苦，邻座的人何等可厌，临走的时候总要发生一种特殊的感想：“我有否再和这人同座的一日？恐怕是对他永诀了！”但这等感想的出现非常短促而又模糊，像飞鸟的黑影在池上掠过一般，真不过数秒间在我心头一闪，过后就全无其事。我究竟已有了学习的功夫了。然而这也全靠在老师——大众——面前，方始可能。一旦不见了老师，而离群索居的时候，我的故态依然复萌。现在正是其时：春风从窗中送进一片白桃花的花瓣来，落在我的原稿纸上。这分明是从我家的院子里的白桃花树上吹下来的，然而有谁知道它本来生在哪一枝头的哪一朵花上呢？窗前地上白雪一般的无数的花瓣，分明各有其故枝与故萼，谁能一一调查其出处，使它们重归其故萼呢？疑惑与悲哀又来袭击我的心了。

总之，我从幼时直到现在，那种疑惑与悲哀不绝地袭击我的心，始终不能解除。我的年纪越大，知识越富，它的袭击的力也越大。大众的榜样的压迫越严，它的反动也越强。倘一一记述我三十年来所经验的此种疑惑与悲哀的事例，其卷帙一定可同《四库全书》《大藏经》争多。然而也只限于我一个人在三十年的短时间中的经验；较之宇宙之大，世界之广，物类之繁，事变之多，我所经验的真不啻恒河中的一粒细沙。

我仿佛看见一册极大的大账簿，簿中详细记载着宇宙间世界上一切物类事变的过去、现在、未来三世的因因果果。自原子之细以至天体之巨，自微生虫的行动以至混沌的大劫，无不详细记载其来由、经过与结果，没有万一的遗漏。于是我从来的疑惑与悲哀，都可解除了。不倒翁的下落，手杖的结果，灰烬的去处，一一都有记录；饭粒与铜板的来历，一一都可查究；旅馆与火车对我的因缘，早已注定在项下；片片白桃花瓣的故萼，都确凿可考。连我所屡次叹为永不可知的、院子里的沙堆的沙粒的数目，也确实地记载着，下面又注明哪几粒沙是我昨天曾经用手掬起来看过的。倘要从沙堆中选出我昨天曾经掬起来看过的沙，也不难按这账簿而探索。——凡我在三十年中所见、所闻、所为的一切事物，都有极详细的记载与考证；其所占的地位只有书页的一角，全书的无穷大分之一。

我确信宇宙间一定有这册大账簿。于是我的疑惑与悲哀全部解除了。

第七辑

做一个旧梦，再饮一杯酒

张开口我们不会呼吁，闭上眼不会入梦，

徘徊在理智和情感的边沿，我们不能预期后会，对这死，

我们只是永远发怔，吞咽枯涩的泪，

待时间来剥削这哀恸的尖锐，

痂结我们每次悲悼的创伤。

为青年说弘一法师

——丰子恺

弘一法师于去年十月十三日在泉州逝世，至今已有五个多月。傅彬然先生曾有关于他的一篇文章登在本刊上，而我却沉默了五个多月，至今才写这篇文字。许多人来信怪我，以为我对于弘一法师关系较深，何以他死了我没有一点表示。有的人还来信向我要关于弘一法师的死的文字，以为我一定在发起追悼大会，或者编印纪念刊物，为法师装“哀荣”的。其实全无此事。我接到泉州开元寺性常师打来的报告法师“生西”（就是往生西方，就是死）的电报时，正是去年十月十八日早晨，我正在贵州遵义的寓楼中整理行装，要把全家迁到重庆去。当时坐在窗下沉默了几十分钟，发了一个愿：为法师造像（就是画像）一百尊，分寄各省信仰他的人，勒石立碑，以垂永久。预定到重庆后动笔。发愿毕，依旧吃早粥，整行装，觅车子。

弘一法师是我的老师，而且是我生平最崇拜的人。如此说来，我岂不太冷淡了吗？但我自以为并不。我敬爱弘一法师，我希望他在这世间久住。但我确定弘一法师必有死的一日。因为他是“人”。不过死的时日迟早不得而知。我时时刻刻防他死，同时时刻刻防我自己死一样。他的死是我意中事，并不出于意料之外。所以我接到他的死的电告，并不惊惶，并不恸哭。老实说，我的惊惶与恸哭，在确定他必有死的一日之前早已在心中默默地做过了。

我去冬迁居重庆，忙着人事及疾病，到今年一月方才有工夫动笔作画。一月中，我实行我的前愿，为弘一法师造像。连作十尊，分寄福建、河南诸信士。还有九十尊，正在接洽中，定当后续作。为欲勒石，用线条描写，不许有浓淡光影。所以不容易描得像。幸而法师的线条画像，看的人都说“像”。大概是他的相貌不凡，特点容易捉住之故。但是还有一个原因：他在我心目中印象太深之故。我自己觉得，为他画像的时候，我的心最虔诚，我的情最热烈，远在惊惶恸哭及发起追悼会、出版纪念刊物之上。其实百年之后，刻像会模糊起来，石碑会破烂的。千万年之后，人类会绝灭，地球会死亡的。人间哪有绝对“永久”的事！我的画像勒石立碑，也不过比惊惶恸哭、追悼会、纪念刊稍稍永久一点而已。

读了傅彬然先生的文章之后，我也想来为读者谈谈，就写这篇文章。

距今二十九年前，我十七岁的时候，最初在杭州贡院的浙江省立第一师范学校里见到李叔同先生（即弘一法师）。那时我是预科生，他是我们的音乐教师。一年中我见他的次数不多。因为他常常请假。走廊上玻璃窗中请假栏内，“音乐李师”一块牌子常常摆着。他不请假的时候，我们上他的音乐课，有一种特殊的感觉：严肃。摇过预备铃，我们走向音乐教室（这教室四面临空，独立在花园里，好比一个温室）。推进门去，先吃一惊：李先生早已端坐在讲台上。以为先生还没有到而嘴里随便唱着、喊着，或笑着、骂着而推进门去的同学，吃惊更是不小。他们的唱声、喊声、笑声、骂声以门槛为界限而忽然消灭。接着是低着头，红着脸，去端坐在自己的位子里。端坐在自己的位子里偷偷地仰起头来看看，看见李先生的高高的瘦削的上半身穿着整洁的黑布马褂，露出在讲桌上，宽广得可以走马的前额，细长的凤眼，隆正的鼻梁，形成威严的表情。扁平而阔的嘴唇两端常有深涡，显示和爱的表情。这副相貌，用“温而厉”三个字来描写，大概差不多了。讲桌上放着点名簿、讲义，以及他的教课笔记簿、粉笔。钢琴衣解开着，琴盖开着，谱表摆着，琴头上又放着一只时表，闪闪的金光直射到我们的眼中。黑板（是上下两块可以推动的）上早已清楚地写好本课内所应写的东西（两块都写好，上块盖着下块，用下块时把上块推开）。在这样布置的讲台上，李先生端坐着。坐到上课铃响出（后来我们知道他这脾气，上音乐课必早到。故上课铃响时，同学早已到齐），他站起身来，深深地一鞠躬，课就开始了。这样地上课，空气严肃得很。

有一个人上音乐课时不唱歌而看别的书，有一个人上音乐课时吐痰在地板上，以为李先生不看见的，其实他都知道。但他不立刻责备，等到下课后，他用很轻而严肃的声音郑重地说："某某等一等出去。"于是这位某某同学只得站着。等到别的同学都出去了，他又用轻而严肃的声音向这某某同学和气地说："下次上课时不要看别的书。"或者："下次痰不要吐在地板上。"说过之后他微微一鞠躬，表示"你出去吧"。出来的人大都脸上发红，带着难为情的表情（我每次在教室外等着，亲自看到的）。又有一次下音乐课，最后出去的人无心把门一拉，碰得太重，发出很大的声音。他走了数十步之后，李先生走出门来，满面和气地叫他转来。等他到了，李先生又叫他进教室来。进了教室，李先生用很轻而严肃的声音向他和气地说："下次走出教室，轻轻地关门。"就对他一鞠躬，送他出门，自己轻轻地把门关了。最不易忘却的，是有一次上弹琴课的时候。我们是师范生，每人都要学弹琴，全校有五六十架风琴及两架钢琴。风琴每室两架，给学生练习用；钢琴一架放在唱歌教室里，一架放在弹琴教室里。上弹琴课时，十数人为一组，环立在琴旁，看李先生范奏。有一次正在范奏的时候，有一个同学放一个屁，没有声音，却是很臭。钢琴，李先生及十数同学全部沉浸在亚莫尼亚气体中。同学大都掩鼻或发出讨厌的声音。李先生眉头一皱，自管自弹琴（我想他一定屏息着）。弹到后来，亚莫尼亚气散光了，他的眉头方才舒展。教完以后，下课铃响了。李先生立起来一鞠躬，表示散课。散课以后，同学还未出门，李先生又郑重地宣告："大家等一等去，还有一句话。"大家又肃立了。李先生又用很轻而严肃的声音和气地说："以后放屁，到门外去，不要放在室内。"接着又一鞠躬，表示叫我们出去。同学都忍着笑，一出门来，大家快跑，跑到远处去大笑一顿。

李先生用这样的态度来教我们音乐，因此我们上音乐课时，觉得比其他一切课更严肃。同时对于音乐教师李叔同先生，比对其他教师更敬仰。他虽然常常请假，没有一个人怨他，似乎觉得他请假是应该的。但读者要知道，他的受人崇敬，不仅是为了上述的郑重态度的缘故；他的受人崇敬使人真心地折服，是另有背景的。背景是什么呢？就是他的人格。他的人格，值得我们崇敬的有两点：第一点是凡事认真，第二点是多才多艺。先讲第一点：李先生一生的最大特点是"凡事认真"。他对于一件事，不做则已，要做就非做得彻底不可。他出身于富裕之家，他的父亲是天津有名的银行家。他是第五位姨太太所生。他父亲生他时，年已七十二岁。他堕地后就遭父丧，又逢家庭之变，青年时就陪了他的生母南迁上海。在上海南洋公学读书奉母时，他是一个翩翩公子。当时上海文坛有著名的沪学会，李先生应沪学会征文，名字屡列第一。从此他就为沪上名人所器重，而交游日广，终以"才子"驰名于当时的上海。所以后来他母亲死了，他赴日本留学的时候，作一首《金缕曲》，词曰：

“披发佯狂走。莽中原，暮鸦啼彻，几株衰柳。破碎河山谁收拾，零落西风依旧。便惹得离人消瘦。行矣临流重太息，说相思刻骨双红豆。愁黯黯，浓于酒。漾情不断淞波溜。恨年年，絮飘萍泊，遮难回首。二十文章惊海内，毕竟空谈何有！听匣底苍龙狂吼。长夜西风眠不得，度群生那惜心肝剖。是祖国，忍辜负？”

读这首词，可想见他当时豪气满胸，爱国热情炽盛。他出家时把过去的照片统统送我，我曾在照片中看见过当时在上海的他：丝绒碗帽，正中缀一方白玉，曲襟背心，花缎袍子，后面挂着胖辫子，底下缎带扎脚管，双梁厚底鞋子，头抬得很高，英俊之气，流露于眉目间。（读者恐没有见过上述的服装。这是光绪年间上海最时髦的打扮。问你们的祖父母，一定知道。）真是当时上海一等的翩翩公子。这是最初表示他的特性：凡事认真。他立意要做翩翩公子，就彻底地做个翩翩公子。

后来他到日本，看见明治维新的文化，就渴慕西洋文明。他立刻放弃了翩翩公子的态度，改做一个留学生。他入东京美术学校，同时又入音乐学校。这些学校都是模仿西洋的，所教的都是西洋画和西洋音乐。李先生在南洋公学时英文学得很好；到了日本，就买了许多西洋文学书。他出家时曾送我一部残缺的原本《莎士比亚全集》，他对我说：“这书我从前细读过，有许多笔记在上面，虽然不全，也是纪念物。”由此可想见他在日本时，对于西洋艺术全面进攻，绘画、音乐、文学、戏剧都研究。后来他在日本创办春柳剧社，纠集留学同志，共演当时西洋著名的悲剧《茶花女》(小仲马著)。他自己把腰束小，把发拖长，粉墨登场，扮作茶花女。这照片，他出家时也送给我，一向归我保藏，直到抗战时为兵火所毁。现在我还记得这照片：卷发，白的上衣，白的长裙拖着地面，腰身小到一把，两手举起托着后头，头向右歪侧，眉峰紧蹙，眼波斜睇，正是茶花女自伤命薄的神情。另外还有许多演剧的照片，不可胜记。这春柳剧社后来迁回中国，李先生就脱出，由另一班人去办，便是中国最初的“话剧”社。由此可以想见，李先生在日本时，是彻头彻尾的一个留学生。我见过他当时的照片：高帽子、硬领、硬袖、燕尾服、史的克(手杖)、尖头皮鞋，加之长身、高鼻，没有脚的眼镜夹在鼻梁上，竟活像一个西洋人。这是第二次表示他的特性：凡事认真。学一样，像一样。要做留学生，就彻底地做个留学生。

他回国后，在上海《太平洋报》报社当编辑。不久，就被南京高等师范请去教图画、音乐。后来又应杭州浙江两级师范学校(就是我就学的浙江第一师范的前身。李先生从两级师范一直教到第一师范)之聘，同时教两地两校，每月中半个月住南京，半个月住杭州。两校都请助教，他不在时由助教代课。这时候，李先生已由留学生变为“教师”。这一变，变得真彻底：漂亮的洋装不穿了，却换上灰色粗布袍子、黑布马褂、布底鞋子。金丝边眼镜也换了黑的钢丝边眼镜。他是一个修养很深的美术家，所以对于仪表很讲究。虽然布衣，形式却很称身，色泽常常整洁。他穿布衣，全无穷相，而另具一种朴素的美。你可想见，他是扮过茶花女的，身材生得非常窈窕。穿了布衣，仍是一个美男子。“淡妆浓抹总相宜”，这诗句原是描写西子的，但拿来形容我们的李先生的仪表，也最适用。今人侈谈“生活艺术化”，大都好奇立异，非艺术的。李先生的服装，才真可称为生活的艺术化。他一时代的服装，表出着一时代的思想与生活。各时代的思想与生活判然不同，各时代的服装也判然不同。布衣布鞋的李先生，与洋装时代的李先生、曲襟背心时代的李先生，判若三人。这是第三次表示他的特性：认真。

我二年级时，图画归李先生教。他教我们木炭石膏模型写生。同学一向描惯临画，起初无从着手。四十余人中，竟没有一个人描得像样的。后来他范画给我们看。画毕把范画揭在黑板上。同学们大都看着黑板临摹。只有我和少数同学，依他的方法从石膏模型写生。我对于写生，从这时候开始发生兴味。我到此时，恍然大悟：那些粉本原是别人看了实物而写生出来的。我们也应该直接从实物写生入手，何必临摹他人，依样画葫芦呢？于是我的画进步起来。有一晚，我为级长的公事，到李先生房间里去报告。报告毕，我将退出，李先生喊我转来，又用很轻而严肃的声音和气地对我说："你的图画进步快。我在南京和杭州两处教课，没有见过像你这样进步快速的人。你以后可以……"当晚这几句话，便确定了我的一生。可惜我不记得年月日时，又不相信算命。如果记得，而又迷信算命先生的话，算起命来，这一晚一定是我一生中一个重要关口。因为从这晚起，我打定主意，专门学画，把一生奉献给艺术，直到现在没有变志。从这晚以后，我对师范学校的功课忽然懈怠，常常逃课学画。以前学期考试联列第一，此后一落千丈，有时竟考末名。幸有前两年的好成绩，平均起来，毕业成绩犹得第二十名。这些关于我的话现在不应详述。且说李先生自此以后，与我接近的机会更多。因为我常去请他教画，又教日本文。因此以后的李先生的生活，我所知道的更为详细。他本来常读性理的书，后来忽然信了道教，案头常常放着道教的经书。那时我还是一个毛头青年，谈不到宗教。李先生除绘事外，并不对我谈道。但我发现他的生活日渐收敛起来，像一个人就要动身赴远方时的模样。他常把自己不用的东西送给我。后来又介绍我从夏丏尊先生学日本文，因他没有工夫教我。他的朋友日本画家大野隆德、河合新藏、三宅克已等到西湖来写生时，他带了我去请他们吃一次饭，以后就把这些日本人交给我，叫我引导他们（我当时已能讲普通应酬的日本话）。他自己就关起房门来研究道学。有一天，他决定入大慈山去断食，我有课事，不能陪去，由校工闻玉陪去。数日之后，我去望他。见他躺在床上，面容消瘦，但精神很好，对我讲话，同平时差不多。他断食共十七日，由闻玉扶起来，摄一个影，影片上端由闻玉题字："李息翁先生断食后之像，侍子闻玉题。"这照片后来制成明信片分送朋友。像的下面用铅字排印着："某年月日，入大慈山断食十七日，身心灵化，欢乐康强——欣欣道人记。"李先生这时候已由"教师"一变而为"道人"了。学道就断食十七日，也是他凡事认真的表示。

但他学道的时候很短。断食以后，不久他就学佛。他自己对我说：他的学佛是受马一浮先生指示的。出家前数日，他同我到西湖玉泉去看一位程中和先生。这程先生原来是当军人的，现在退伍，住在玉泉，正想出家为僧。李先生同他谈得很久。此后不久，我陪大野隆德到玉泉去投宿，看见一个和尚坐着，正是这位程先生。我想称他"程先生"，觉得不合。想称他法师，又不知道他的法名（后来知道是弘伞）。一时周章得很。我回去对李先生讲了，李先生告诉我，他不久也要出家为僧，就做弘伞的师弟。我愕然不知所对。过了几天，他果然辞职，要去出家。出家的前晚，他叫我和同学叶天瑞、李增庸三人到他的房间里，把房间里所有的东西送给我们三人。第二天，我们三人送他到虎跑。我们回来分得了他的"遗产"，再去望他时，他已光着头皮，穿着僧衣，俨然一位清癯的法师了。我从此改口，称他为“法师”。法师的僧腊（就是做和尚的年代）二十四年。这二十四年中，我颠沛流离，他一贯到底，而且修行功夫愈进愈深。当初修净土宗，后来又修律宗。律宗是讲究戒律的。一举一动，都有规律，做人认真得很。这是佛门中最难修的一宗。数百年来，传统断绝，直到弘一法师方才复兴，所以佛门中称他为“重兴南山律宗第十一代祖师”。修律宗如何认真呢？一举一动，都要当心，勿犯戒律（戒律很详细，弘一法师手写一部，昔年由中华书局印行的，名曰《四分律比丘戒相表记》）。举一例说：有一次我寄一卷宣纸去，请弘一法师写佛号。宣纸很多，佛号所需很少。他就要来信问我，余多的宣纸如何处置。我原是多备一点，由他随意处置的，但没有说明，这些纸的所有权就模糊，他非问明不可。我连忙写回信去说，多余的纸，赠与法师，请随意处置。以后寄纸，我就预先说明这一点了。又有一次，我寄回件邮票去，多了几分。他把多的几分寄还我。以后我寄邮票，就预先声明：多余的邮票送与法师。诸如此类，俗人马虎的地方，修律宗的人都要认真。有一次他到我家。我请他藤椅子里坐。他把藤椅子轻轻摇动，然后慢慢地坐下去。起先我不敢问。后来看他每次都如此，我就启问。法师回答我说：“这椅子里头，两根藤之间，也许有小虫伏着。突然坐下去，要把它们压死，所以先摇动一下，慢慢地坐下去，好让它们走避。”读者听到这话，也许要笑。但这正是做人认真至极的表示。模仿这种认真的精神去做社会事业，何事不成，何功不就？我们对于宗教上的事情，不可拘泥其“事”，应该观察其“理”。

如上所述，弘一法师由翩翩公子一变而为留学生，又变而为教师，三变而为道人，四变而为和尚。每做一种人，都十分像样。好比全能的优伶：起老生像个老生，起小生像个小生，起大面又很像个大面……都是“认真”的缘故。以上已经说明了李先生人格上的第一特点。

李先生人格上的第二特点是“多才多艺”。西洋文艺批评家批评德国的歌剧大家华葛纳尔［瓦格纳（Wagner）］有这样的话：“阿普洛［阿波罗（Appolo，文艺之神）］右手持文才，左手持乐才，分赠给世间的文学家和音乐家。华葛纳尔却兼得了他两手的赠物。”意思是说，华葛纳尔能作曲，又能作歌，所以做了歌剧大家。拿这句话批评我们的李先生，实在还不够用。李先生不但能作曲，能作歌，又能作画，作文，吟诗，填词，写字，治金石，演剧。他对于艺术，差不多全般皆能。而且每种都很出色。专门一种的艺术家大都不及他，要向他学习。作曲和作歌，读者可在开明书店出版的《中文名歌五十曲》中窥见。这集子中载着李先生的作品不少。每曲都脍炙人口。他的油画，大部分寄存在北平（北京）美专，现在大概还在北平。写实风而兼印象派笔调，每幅都很稳健，精到，为我国洋画界难得的佳作。他的诗词文章，载在从前出版的《南社文集》中，典雅秀丽，不亚于苏曼殊。他的字，功夫尤深，早年学黄山谷，中年专研北碑，得力于《张猛龙碑》尤多。晚年写佛经，脱胎化骨，自成一家，轻描淡写，毫无烟火气。他的金石，同字一样秀美。出家前，他的友人把他所刻的印章集合起来，藏在西湖上西泠印社的石壁的洞里。洞口用水泥封好，题着“息翁印藏”四字（现在也许已被日本人偷去）。他的演剧，前已说过，是中国话剧的鼻祖。总之，在艺术上，他是无所不精的一个作家。艺术之外，他又曾研究理学（阳明、程、朱之学，他都做过功夫。后来由此转入道教，又转入佛教的）。研究外国文，……李先生多才多艺，一通百通。所以，他虽然只教我音乐图画，他所擅长的却不止这两种。换言之，他的教授图画音乐，有许多其他修养作背景，所以我们不得不崇敬他。借夏先生的话来讲：他做教师，有人格作背景，好比佛菩萨的有“后光”。所以他从不威胁学生而学生见他自生畏敬。从不严责学生（反之，他自己常常请假），而学生自会用功。他是实行人格感化的一位大教育家。我敢说：自有学校以来，自有教师以来，未有胜于李先生者也。

青年的读者，看到这里，也许要发生这样的疑念：李先生为什么不做教育家，不做艺术家，而做和尚呢？是的，我曾听到许多人发这样的疑问。他们的意思，大概以为做和尚是迷信的、消极的、暴弃的，可惜得很！倘不做和尚，他可在这僧腊二十四年中教育不少的人才，创作不少的作品，这才有功于世呢。

这话，近看是对的，远看却不对。用低浅的眼光，从世俗习惯上看，办教育，制作品，实实在在的事业，当然比做和尚有功于世。远看，用高远的眼光，从人生根本上看，宗教的崇高伟大，远在教育之上。——但在这里须加重要声明：一般所谓佛教，千百年来早已歪曲化而失却真正佛教的本意。一般佛寺里的和尚，其实是另一种奇怪的人，与真正佛教毫无关系。因此世人对佛教的误解，越弄越深。和尚大都以念经念佛做道场为营业。居士大都想拿佞佛来换得世间名利恭敬，甚或来生福报。还有一班恋爱失败、经济破产、作恶犯罪的人，走投无路，遁入空门，以佛门为避难所。于是乎，未曾认明佛教真相的人，就排斥佛教，指为消极，迷信，而非打倒不可。歪曲的佛教应该打倒；但真正的佛教，崇高伟大，胜于一切。——读者只要穷究自身的意义，便可相信这话。譬如：为什么入学校？为了欲得教养。为什么欲得教养？为了要做事业。为什么要做事业？为了满足你的人生欲望。再问下去，为什么要满足你的人生欲望？你想了一想，一时找不到根据，而难于答复。你再想一想，就会感到疑惑与虚空。你三想的时候，也许会感到苦闷与悲哀。这时候你就要请教“哲学”，和他的老兄“宗教”。这时候你才相信真正的佛教高于一切。

所以李先生的放弃教育与艺术而修佛法，好比出于幽谷，迁于乔木，不是可惜的，正是可庆的。

悼志摩

——林徽因

十一月十九日我们的好朋友，许多人都爱戴的新诗人，徐志摩突兀地，不可信地，惨酷地，在飞机上遇险而死去。这消息在二十日的早上像一根针刺猛触到许多朋友的心上，顿使那一早的天墨一般地昏黑，哀恸的咽哽锁住每一个人的嗓子。

志摩……死……谁曾将这两个句子联在一处想过！他是那样活泼的一个人，那样刚刚站在壮年的顶峰上的一个人。朋友们常常惊讶他的活动，他那像小孩般的精神和认真，谁又会想到他死？

突然地，他闯出我们这共同的世界，沉入永远的静寂，不给我们一点预告，一点准备，或是一个最后希望的余地。这种几乎近于忍心的决绝，那一天不知震麻了多少朋友的心？现在那不能否认的事实，仍然无情地挡住我们前面。任凭我们多苦楚地哀悼他的惨死，多迫切地希冀能够仍然接触到他原来的音容，事实是不会为体贴我们这悲念而有些须更改；而他也再不会为不忍我们这伤悼而有些须活动的可能！这难堪的永远静寂和消沉便是死的最残酷处。

我们不迷信的，没有宗教地望着这死的帷幕，更是丝毫没有把握。张开口我们不会呼吁，闭上眼不会入梦，徘徊在理智和情感的边沿，我们不能预期后会，对这死，我们只是永远发怔，吞咽枯涩的泪，待时间来剥削这哀恸的尖锐，痂结我们每次悲悼的创伤。那一天下午初得到消息的许多朋友不是全跑到胡适之先生家里么？但是除却拭泪相对，默然围坐外，谁也没有主意，谁也不知有什么话说，对这死！

谁也没有主意，谁也没有话说！事实不容我们安插任何的希望，情感不容我们不伤悼这突兀的不幸，理智又不容我们有超自然的幻想！默然相对，默然围坐……而志摩则仍是死去没有回头，没有音讯，永远地不会回头，永远地不会再有音讯。

我们中间没有绝对信命运之说的，但是对着这不测的人生，谁不感到惊异，对着那许多事实的痕迹又如何不感到人力的脆弱，智慧的有限。世事尽有定数？世事尽是偶然？对这永远的疑问我们什么时候能有完全的把握？

在我们前边展开的只是一堆坚质的事实：

“是的，他十九晨有电报来给我……

“十九早晨，是的！说下午三点准到南苑，派车接……

“电报是九时从南京飞机场发出的……

“刚是他开始飞行以后所发……

“派车接去了，等到四点半……说飞机没有到……

“没有到……航空公司说济南有雾……很大……”只是一个钟头的差别；下午三时到南苑，济南有雾！谁相信就是这一个钟头中便可以有这么不同事实的发生，志摩，我的朋友！

他离平的前一晚我仍见到，那时候他还不知道他次晨南旅的，飞机改期过三次，他曾说如果再改下去，他便不走了的。我和他同由一个茶会出来，在总布胡同口分手。在这茶会里我们请的是为太平洋会议来的一个柏雷博士，因为他是志摩生平最爱慕的女作家曼殊斐儿的姊丈，志摩十分地殷勤；希望可以再从柏雷口中得些关于曼殊斐儿早年的影子，只因限于时间，我们茶后匆匆地便散了。晚上我有约会出去了，回来时很晚，听差说他又来过，适遇我们夫妇刚走，他自己坐了一会儿，喝了一壶茶，在桌上写了些字便走了。我到桌上一看：——

“定明早六时飞行，此去存亡不卜……”我怔住了，心中一阵不痛快，却忙给他一个电话。

“你放心，”他说，“很稳当的，我还要留着生命看更伟大的事迹呢，哪能便死？……”

话虽是这样说，他却是已经死了整两周了！

凡是志摩的朋友，我相信全懂得，死去他这样一个朋友是怎么一回事！

现在这事实一天比一天更结实，更固定，更不容否认。志摩是死了，这个简单惨酷的实际早又添上时间的色彩，一周，两周，一直地增长下去……

我不该在这里语无伦次地尽管呻吟我们做朋友的悲哀情绪。归根说，读者抱着我们文字看，也就是像志摩的请柏雷一样，要从我们口里再听到关于志摩的一些事。这个我明白，只怕我不能使你们满意，因为关于他的事，动听的，使青年人知道这里有个不可多得的人格存在的，实在太多，绝不是几千字可以表达得完。谁也得承认像他这样的一个人世间便不轻易有几个的，无论在中国或是外国。

我认得他，今年整十年，那时候他在伦敦经济学院，尚未去康桥。我初次遇到他，也就是他初次认识到影响他迁学的逖更生先生。不用说他和我父亲最谈得来。虽然他们年岁上差别不算少，一见面之后便互相引为知己。他到康桥之后由逖更生介绍进了皇家学院，当时和他同学的有我姊丈温君源宁。一直到最近两月中源宁还常在说他当时的许多笑话，虽然说是笑话，那也是他对志摩最早的一个惊异的印象。志摩认真的诗情，绝不含有丝毫矫伪，他那种痴，那种孩子似的天真实能令人惊讶。源宁说，有一天他在校舍里读书，外边下了倾盆大雨——唯是英伦那样的岛国才有的狂雨——忽然他听到有人猛敲他的房门，外边跳进一个被雨水淋得全湿的客人。不用说他便是志摩，一进门一把扯着源宁向外跑，说快来我们到桥上去等着。这一来把源宁怔住了，他问志摩等什么在这大雨里。志摩睁大了眼睛，孩子似的高兴地说“看雨后的虹去”。源宁不止说他不去，并且劝志摩趁早将湿透的衣服换下，再穿上雨衣出去，英国的湿气岂是儿戏，志摩不等他说完，一溜烟地自己跑了！

以后我好奇地曾问过志摩这故事的真确，他笑着点头承认这全段故事的真实。我问：那么下文呢，你立在桥上等了多久，并且看到虹了没有？他说记不清，但是他居然看到了虹。我诧异地打断他对那虹的描写，问他，怎么他便知道，准会有虹的。他得意地笑答我说：“完全诗意的信仰！”

“完全诗意的信仰”，我可要在这里哭了！也就是为这“诗意的信仰”他硬要借航空的方便达到他“想飞”的宿愿！“飞机是很稳当的，”他说，“如果要出事那是我的运命！”他真对运命这样完全诗意地信仰！

志摩我的朋友，死本来也不过是一个新的旅程，我们没有到过的，不免过分地怀疑，死不定就比这生苦，“我们不能轻易断定那一边没有阳光与人情的温慰”，但是我前边说过最难堪的是这永远的静寂。我们生在这没有宗教的时代，对这死实在太没有把握了。这以后许多思念你的日子，怕要全是昏暗的苦楚，不会有一点点光明，除非我也有你那美丽的诗意的信仰！

我个人的悲绪不竟又来扰乱我对他生前许多清晰的回忆，朋友们原谅。

诗人的志摩用不着我来多说，他那许多诗文便是估价他的天平。我们新诗的历史才是这样的短，恐怕他的判断人尚在我们儿孙辈的中间。我要谈的是诗人之外的志摩。人家说志摩的为人只是不经意的浪漫，志摩的诗全是抒情诗，这断语从不认识他的人听来可以说很公平，从他朋友们看来实在是对不起他。志摩是个很古怪的人，浪漫固然，但他人格里最精华的却是他对人的同情、和蔼和优容；没有一个人他对他不和蔼，没有一种人，他不能优容，没有一种的情感，他绝对地不能表同情。我不说了解，因为不是许多人爱说志摩最不解人情么？我说他的特点也就在这上头。

我们寻常人就爱说了解；能了解的我们便同情，不了解的我们便很落寞乃至于酷刻。表同情于我们能了解的，我们以为很适当；不表同情于我们不能了解的，我们也认为很公平。志摩则不然，了解与不了解，他并没有过分地夸张，他只知道温存，和平，体贴，只要他知道有情感的存在，无论出自何人，在何等情况之下，他理智上认为适当与否，他全能表几分同情，他真能体会原谅他人与他自己不相同处。从不会刻薄地单支出严格的迫仄的道德的天平指摘凡是与他不同的人。他这样的温和，这样的优容，真能使许多人惭愧，我可以忠实地说，至少他要比我们多数的人伟大许多；他觉得人类各种的情感动作全有它不同的，价值放大了的人类的眼光，同情是不该只限于我们划定的范围内。他是对的，朋友们，归根说，我们能够懂得几个人，了解几桩事，几种情感？哪一桩事，哪一个人没有多面的看法！为此说来志摩朋友之多，不是个可怪的事；凡是认得他的人不论深浅对他全有特殊的感情，也是极自然的结果。而反过来看他自己在他一生的过程中却是很少得着同情的。不止如是，他还曾为他的一点理想的愚诚几次几乎不见容于社会。但是他却未曾为这个而鄙吝他给他人的同情心，他的性情，不曾为受了刺激而转变刻薄暴戾过，谁能不承认他几有超人的宽量。

志摩的最动人的特点，是他那不可信的纯净的天真，对他的理想的愚诚，对艺术欣赏的认真，体会情感的切实，全是难能可贵到极点。他站在雨中等虹，他甘冒社会的大不韪争他的恋爱自由；他坐曲折的火车到乡间去拜哈代，他抛弃博士一类的引诱卷了书包到英国，只为要拜罗素做老师，他为了一种特异的境遇，一时特异的感动，从此在生命途中冒险，从此抛弃所有的旧业，只是尝试写几行新诗——这几年新诗尝试的运命并不太令人踊跃，冷嘲热骂只是家常便饭——他常能走几里路去采几茎花，费许多周折去看一个朋友说两句话；这些，还有许多，都不是我们寻常能够轻易了解的神秘。我说神秘，其实竟许是傻，是痴！事实上他只是比我们认真，虔诚到傻气，到痴！他愉快起来他的快乐的翅膀可以碰得到天；他忧伤起来，他的悲戚是深得没有底。寻常评价的衡量在他手里失了效用，利害轻重他自有他的看法，纯是艺术的情感的脱离寻常的原则，所以往常人常听到朋友们说到他总爱带着嗟叹的口吻说：

"那是志摩，你又有什么法子！"他真的是个怪人么？朋友们，不，一点都不是，他只是比我们近情，近理，比我们热诚，比我们天真，比我们对万物都更有信仰，对神，对人，对灵，对自然，对艺术！

朋友们我们失掉的不只是一个朋友，一个诗人，我们丢掉的是个极难得可爱的人格。

至于他的作品全是抒情的么？他的兴趣只限于情感么？更是不对。志摩的兴趣是极广泛的。就有几件，说起来，不认得他的人便要奇怪。他早年很爱数学，他始终极喜欢天文，他对天上星宿的名字和部位就认得很多，最喜暑夜观星，好几次他坐火车都是带着关于宇宙的科学的书。他曾经疯过爱因斯坦的相对论，并且在一九二二年便写过一篇关于相对论的东西登在《民铎》杂志上。他常向思成说笑："任公先生的相对论的知识还是从我徐君志摩大作上得来的呢，因为他说他看过许多关于爱因斯坦的哲学都未曾看懂，看到志摩的那篇才懂了。"今夏我在香山养病，他常来闲谈，有一天谈到他幼年上学的经过和美国克莱克大学两年学经济学的景况，我们不禁对笑了半天，后来他在他的《猛虎集》的"序"里也说了那么一段。可是奇怪的！他不像许多天才，幼年里上学，不是不及格，便是被斥退，他是常得优等的，听说有一次康乃尔暑校里一个极严的经济教授还写了信去克莱克大学教授那里恭维他的学生，关于一门很难的功课。我不是为志摩在这里夸张，因为事实上只有为了这桩事，今夏志摩自己便笑得不亦乐乎！

此外他的兴趣对于戏剧绘画都极深浓，戏剧不用说，与诗文是那么接近，他领略绘画的天才也颇可观，后期印象派的几个画家，他都有极精密的爱恶，对于文艺复兴时代那几位，他也很熟悉，他最爱鲍提且利和达文骞。自然他也常承认文人喜画常是间接地受了别人论文的影响，他的，就受了法兰（Roger Fry）和斐德（Walter Pater）的不少。对于建筑审美他常常对思成和我道歉说："太对不起，我的建筑常识全是Ruskins[①]那一套。"他知道我们是最讨厌Ruskins的。但是为看一个古建的残址，一块石刻，他比任何人都热心，都更能静心领略。

他喜欢色彩，虽然他自己不会作画，暑假里他曾从杭州给我几封信，他自己叫它们作"描写的水彩画"，他用英文极细致地写出西（边）桑田的颜色，每一分嫩绿，每一色鹅黄，他都仔细地观察到。又有一次他望着我园里一带断墙半晌不语，过后他告诉我说，他正在默默体会，想要描写那墙上向晚的艳阳和刚刚入秋的藤萝。

对于音乐，中西的他都爱好，不止爱好，他那种热心便唤醒过北平一次——也许唯一的一次——对音乐的注意。谁也忘不了那一年，克拉斯拉到北平在"真光"拉一个多钟头的提

① 拉斯金（1819—1900），英国艺术家、文艺评论家、作家。

琴。对旧剧他也得算“在行”，他最后在北平那几天我们曾接连地同去听好几出戏，回家时我们讨论得热闹，比任何剧评都诚恳都起劲。

谁相信这样的一个人，这样忠实于“生”的一个人，会这样早地永远地离开我们另投一个世界，永远地静寂下去，不再透些须声息！

我不敢再往下写，志摩若是有灵听到比他年轻许多的一个小朋友拿着老声老气的语调谈到他的为人不觉得不快么？这里我又来个极难堪的回忆，那一年他在这同一个的报纸上写了那篇伤我父亲惨故的文章，这梦幻似的人生转了几个弯，曾几何时，却轮到我在这风紧夜深里握笔吊他的惨变。这是什么人生？什么风涛？什么道路？志摩，你这最后的解脱未始不是幸福，不是聪明，我该当羡慕你才是。

我所见的叶圣陶

——朱自清

我第一次与圣陶见面是在民国十年①的秋天。那时刘延陵兄介绍我到吴淞炮台湾中国公学教书。到了那边，他就和我说："叶圣陶也在这儿。"我们都念过圣陶的小说，所以他这样告我。我好奇地问道："怎样一个人？"出乎我的意外，他回答我："一位老先生哩。"但是延陵和我去访问圣陶的时候，我觉得他的年纪并不老，只那朴实的服色和沉默的风度与我们平日所想象的苏州少年文人叶圣陶不甚符合罢了。

记得见面的那一天是一个阴天。我见了生人照例说不出话；圣陶似乎也如此。我们只谈了几句关于作品的泛泛的意见，便告辞了。延陵告诉我每星期六圣陶总回甪直去；他很爱他的家。他在校时常邀延陵出去散步；我因与他不熟，只独自

① 即1921年。

坐在屋里。不久，中国公学忽然起了风潮。我向延陵说起一个强硬的办法——实在是一个笨而无聊的办法！——我说只怕叶圣陶未必赞成。但是出乎我的意外，他居然赞成了！后来细想他许是有意优容我们吧；这真是老大哥的态度呢。我们的办法天然是失败了，风潮延宕下去；于是大家都住到上海来。我和圣陶差不多天天见面；同时又认识了西谛、予同诸兄。这样经过了一个月；这一个月实在是我的很好的日子。

我看出圣陶始终是个寡言的人。大家聚谈的时候，他总是坐在那里听着。他却并不是喜欢孤独，他似乎老是那么有味地听着。至于与人独对的时候，自然多少要说些话；但辩论是不来的。他觉得辩论要开始了，往往微笑着说："这个弄不大清楚了。"这样就过去了。他又是个极和易的人，轻易看不见他的怒色。他辛辛苦苦保存着的《晨报》副张，上面有他自己的文字的，特地从家里捎来给我看；让我随便放在一个书架上，给散失了。当他和我同时发现这件事时，他只略露惋惜的颜色，随即说："由他去末哉，由他去末哉！"我是至今惭愧着，因为我知道他作文是不留稿的。他的和易出于天性，并非阅历世故，矫揉造作而成。他对于世间妥协的精神是极厌恨的。在这一月中，我看见他发过一次怒——始终我只看见他发过这一次怒——那便是对于风潮的妥协论者的蔑视。

风潮结束了，我到杭州教书。那边学校当局要我约圣陶去。圣陶来信说："我们要痛痛快快游西湖，不管这是冬天。"

他来了，教我上车站去接。我知道他到了车站这一类地方，是会觉得寂寞的。他的家实在太好了，他的衣着，一向都是家里管。我常想，他好像一个小孩子；像小孩子的天真，也像小孩子的离不开家里人。必须离开家里人时，他也得找些熟朋友伴着；孤独在他简直是有些可怕的。所以他到校时，本来是独住一屋的，却愿意将那间屋做我们两人的卧室，而将我那间做书室。这样可以常常相伴，我自然也乐意。我们不时到西湖边去；有时下湖，有时只喝喝酒。在校时各据一桌，我只预备功课，他却老是写小说和童话。初到时，学校当局来看过他。第二天，我问他："要不要去看看他们？"他皱眉道："一定要去么？等一天吧。"后来始终没有去。他是最反对形式主义的。

那时他小说的材料，是旧日的储积；童话的材料有时却是片刻的感兴。如《稻草人》中《大喉咙》一篇便是。那天早上，我们都醒在床上，听见工厂的汽笛，他便说："今天又有一篇了，我已经想好了，来得真快呵。"那篇的艺术很巧，谁想他只是片刻的构思呢！他写文字时，往往拈笔伸纸，便手不停挥地写下去；开始及中间，停笔踌躇时绝少。他的稿子极清楚，每页至多只有三五个涂改的字。他说他从来是这样的。每篇写毕，我自然先睹为快；他往往称述结尾的适宜，他说对于结尾是有些把握的。看完，他立即封寄《小说月报》；照例用平信寄。我总劝他挂号；但他说："我老是这样的。"他在杭州不过两个月，写得真不少，教人羡慕不已。《火灾》里从《饭》

起到《风潮》这七篇，还有《稻草人》中一部分，都是那时我亲眼看他写的。

在杭州待了两个月，放寒假前，他便匆匆地回去了；他实在离不开家，临去时让我告诉学校当局，无论如何不回来了。但他却到北平住了半年，也是朋友拉去的。我前些日子偶翻十一年[1]的《晨报副刊》，看见他那时途中思家的小诗，重念了两遍，觉得怪有意思。北平回去不久，便入了商务印书馆编译部，家也搬到上海。从此在上海待下去，直到现在——中间又被朋友拉到福州一次，有一篇《将离》抒写那回的别恨，是缠绵悱恻的文字。这些日子，我在浙江乱跑，有时到上海小住，他常请了假和我各处玩儿或喝酒。有一回，我便住在他家，但我到上海，总爱出门，因此他老说没有能畅谈；他写信给我，老说这回来要畅谈几天才行。

十六年[2]一月，我接眷北来，路过上海，许多熟朋友和我饯行，圣陶也在。那晚我们痛快地喝酒，发议论；他是照例地默着。酒喝完了，又去乱走，他也跟着。到了一处，朋友们和他开了个小玩笑；他脸上略露窘意，但仍微笑地默着。圣陶不是个浪漫的人；在一种意义上，他正是延陵所说的“老先生”。但他能了解别人，能谅解别人，他自己也能“作达”，

① 即 1922 年。

② 即 1927 年。

所以仍然——也许格外——是可亲的。那晚快夜半了，走过爱多亚路，他向我诵周美成的词："酒已都醒，如何消夜永！"我没有说什么；那时的心情，大约也不能说什么的。我们到一品香又消磨了半夜。这一回特别对不起圣陶；他是不能少睡觉的人。他家虽住在上海，而起居还依着乡居的日子；早七点起，晚九点睡。有一回我九点十分去，他家已熄了灯，关好门了。这种自然的、有秩序的生活是对的。那晚上伯祥说："圣兄明天要不舒服了。"想起来真是不知要怎样感谢才好。

第二天我便上船走了，一眨眼三年半，没有上南方去。信也很少，却全是我的懒。我只能从圣陶的小说里看出他心境的迁变；这个我要留在另一文中说。圣陶这几年里似乎到十字街头走过一趟，但现在怎么样呢？我却不甚了然。他从前晚饭时总喝点酒，"以半醺为度"；近来不大能喝酒了，却学了吹笛——前些日子说已会一出《八阳》，现在该又会了别的了吧。他本来喜欢看看电影，现在又喜欢听听昆曲了。但这些都不是"厌世"，如或人所说的；圣陶是不会厌世的，我知道。又，他虽会喝酒，加上吹笛，却不曾抽什么"上等的纸烟"，也不曾住过什么"小小别墅"，如或人所想的，这个我也知道。

宗月大师

——老舍

在我小的时候，我因家贫而身体很弱。我九岁才入学。因家贫体弱，母亲有时候想教我去上学，又怕我受人家的欺侮，更因交不上学费，所以一直到九岁我还不识一个字。说不定，我会一辈子也得不到读书的机会。因为母亲虽然知道读书的重要，可是每月间三四吊钱的学费，实在让她为难。母亲是最喜脸面的人。她迟疑不决，光阴又不等待着任何人，荒来荒去，我也许就长到十多岁了。一个十多岁的贫而不识字的孩子，很自然地是去做个小买卖——弄个小筐，卖些花生、煮豌豆，或樱桃什么的。要不然就是去学徒。母亲很爱我，但是假若我能去做学徒，或提篮沿街卖樱桃而每天赚几百钱，她或者就不会坚决地反对。穷困比爱心更有力量。

有一天刘大叔偶然地来了。我说“偶然地”，因为他不常来看我们。他是个极富的人，尽管他心中并无贫富之别，可是他的财富使他终日不得闲，几乎没有工夫来看穷朋友。一进门，他看见了我。“孩子几岁了？上学没有？”他问我的母亲。他的声音是那么洪亮（在酒后，他常以学喊俞振庭的《金钱豹》自傲），他的衣服是那么华丽，他的眼是那么亮，他的脸和手是那么白嫩肥胖，使我感到我大概是犯了什么罪。我们的小屋，破桌凳、土炕，几乎禁不住他的声音的震动。等我母亲回答完，刘大叔马上决定：“明天早上我来，带他上学，学钱、书籍，大姐你都不必管！”我的心跳起多高，谁知道上学是怎么一回事呢！

我像一条不体面的小狗似的，随着这位阔人去入学。学校是一家改良私塾，在离我的家有半里多地的一座道士庙里。庙不甚大，而充满了各种气味：一进山门先有一股大烟味，紧跟着便是糖精味（有一家熬制糖球、糖块的作坊），再往里，是厕所味，与别的臭味。学校是在大殿里。大殿两旁的小屋住着道士，和道士的家眷。大殿里很黑，很冷。神像都用黄布挡着，供桌上摆着孔圣人的牌位。学生都面朝西坐着，一共有三十来人。西墙上有一块黑板——这是“改良”私塾。老师姓李，一位极死板而极有爱心的中年人。刘大叔和李老师“嚷”了一顿，而后教我拜圣人及老师。老师给了我一本《地球韵言》和一本《三字经》。我于是，就变成了学生。

自从做了学生以后，我时常地到刘大叔的家中去。他的宅子有两个大院子，院中几十间房屋都是出廊的。院后，还有一座相当大的花园。宅子的左右前后全是他的房屋，若是把那些房子齐齐地排起来，可以占半条大街。此外，他还有几处铺店。每逢我去，他必招呼我吃饭，或给我一些我没有看见过的点心。他绝不以我为一个苦孩子而冷淡我，他是阔大爷，但是他不以富傲人。

在我由私塾转入公立学校去的时候，刘大叔又来帮忙。这时候，他的财产已大半出了手。他是阔大爷，他只懂得花钱，而不知道计算。人们吃他，他甘心教他们吃；人们骗他，他付之一笑。他的财产有一部分是卖掉的，也有一部分是被人骗了去的。他不管；他的笑声照旧是洪亮的。

到我在中学毕业的时候，他已一贫如洗，什么财产也没有了，只剩了那个后花园。不过，在这个时候，假若他肯用用心思，去调整他的产业，他还能有办法教自己丰衣足食，因为他的好多财产是被人家骗了去的。可是，他不肯去请律师。贫与富在他心中是完全一样的。假若在这时候，他要是不再随便花钱，他至少可以保住那座花园，和城外的地产。可是，他好善。尽管他自己的儿女受着饥寒，尽管他自己受尽折磨，他还是去办贫儿学校、粥厂等等慈善事业。他忘了自己。就是在这个时候，我和他过往得最密。他办贫儿学校，我去做义务教师。他施舍粮米，我去帮忙调查及散放。在我的心里，我很明白：放粮放钱不过只是延长贫民的受苦难的日期，而不足以阻拦住死亡。但是，看刘大叔那么热心，那么真诚，我就顾不得和他辩论，而只好也出点力了。即使我和他辩论，我也不会得胜，人情是往往能战败理智的。

在我出国以前，刘大叔的儿子死了。而后，他的花园也出了手。他入庙为僧，夫人与小姐入庵为尼。由他的性格来说，他似乎势必走入避世学禅的一途。但是由他的生活习惯上来说，大家总以为他不过能念念经，布施布施僧道而已，而绝对不会受戒出家。他居然出了家。在以前，他吃的是山珍海味，穿的是绫罗绸缎。他也嫖也赌。现在，他每日一餐，入秋还穿着件夏布道袍。这样苦修，他的脸上还是红红的，笑声还是洪亮的。对佛学，他有多么深的认识，我不敢说。我却真知道他是个好和尚，他知道一点便去做一点，能做一点便做一点。他的学问也许不高，但是他所知道的都能见诸实行。

出家以后，他不久就做了一座大寺的方丈。可是没有好久就被驱逐出来。他是要做真和尚，所以他不惜变卖庙产去救济苦人。庙里不要这种方丈。一般地说，方丈的责任是要扩充庙产，而不是救苦救难的。离开大寺，他到一座没有任何产业的庙里做方丈。他自己既没有钱，他还须天天为僧众们找到斋吃。同时，他还举办粥厂等等慈善事业。他穷，他忙，他每日只进一顿简单的素餐，可是他的笑声还是那么洪亮。他的庙里不应佛事，赶到有人来请，他便领着僧众给人家去唪真经，不要报酬。他整天不在庙里，但是他并没忘了修持；他持戒越来越严，对经义也深有所获。他白天在各处筹钱办事，晚间在小室里做工夫。谁见到这位破和尚也不曾想到他会是个在金子里长起来的阔大爷。

去年，有一天他正给一位圆寂了的和尚念经，他忽然闭上了眼，就坐化了。火葬后，人们在他的身上发现许多舍利。

没有他，我也许一辈子也不会入学读书。没有他，我也许永远想不起帮助别人有什么乐趣与意义。他是不是真的成了佛？我不知道。但是，我的确相信他的居心与苦行是与佛极相近似的。我在精神上物质上都受过他的好处，现在我的确愿意他真的成了佛，并且盼望他以佛心引领我向善，正像在三十五年前，他拉着我去入私塾那样！

他是宗月大师。

爱眉小札（书信节选）

——徐志摩

龙龙：

我的肝肠寸寸地断了，今晚再不好好地给你一封信，再不把我的心给你看，我就不配爱你，就不配受你的爱。我的小龙呀，这实在是太难受了，我现在不愿别的，只愿我伴着你一同吃苦——你方才心头一阵阵地绞痛，我在旁边只是咬紧牙关闭着眼替你熬着，龙呀，让你血液里的讨命鬼来找着我吧，叫我眼看你这样生生地受罪，我什么意念都变了灰了！你吃现鲜鲜的苦是真的，叫我怨谁去？

离别当然是你今晚纵酒的大原因，我先前只怪我自己不留意，害你吃成这样，但转想你的苦，分明不全是酒醉的苦，假如今晚你不喝酒，我到了相当的时刻得硬着头皮对你说再会，那时你就会舒服了吗？再回头受逼迫的时候，就会比醉酒的病苦强吗？咳，你自己说得对，顶好是醉死了完事，不死也得醉，醉了多少可以自由发泄，不比死闷在心窝里好吗？所以我一想到你横竖是吃苦，我的心就硬了。我只恨你不该留这许多人一起喝，人一多就糟，要是单是你与我对喝，那时要醉就同醉，要死也死在一起，醉也是一体，死也是一体，要哭让眼泪和成一起，要心跳让你我的胸膛贴紧在一起，这不是在极苦里实现了我们想望的极乐，从醉的大门走进了大解脱的境界，只要我们灵魂合成了一体，这不就满足了我们最高的想望吗？

啊，我的龙，这时候你睡熟了没有？你的呼吸调匀了没有？你的灵魂暂时平安了没有？你知不知道你的爱正在含着两眼热泪在这深夜里和你说话，想你，疼你，安慰你，爱你？我好恨呀，这一层的隔膜，真的全是隔膜，这仿佛是你淹在水里挣扎着要命，他们却掷下瓦片石块来算是救渡你，我好恨！这酒的力量还不够大，方才我站在旁边我是完全准备了的，我知道我的龙儿的心坎儿只嚷着“我冷呀，我要他的热胸膛偎着我；我痛呀，我要我的他搂着我；我倦呀，我要在他的手臂内得到我最想望的安息与舒服！”——但是实际上我只能在旁边站着看，我稍微地一帮助就受人干涉，意思说：“不劳费心，这不关你的事，请你早去休息吧，她不用你管！”哼，你不用我管！我这难受，你大约也有些觉着吧！

方才你接连了叫着，“我不是醉，我只是难受，只是心里苦”，你那话一声声像是钢铁锥子刺着我的心：愤，慨，恨，急的各种情绪就像潮水似的涌上了胸头。那时我就觉得什么都不怕，勇气像天一般的高，只要你一句话出口什么事我都干！为你，我抛弃了一切只是本分；为你，我还顾得什么性命与名誉——真的，假如你方才说出了一半句着边际着颜色的话，此刻你我的命运早已变定了方向都难说哩！

你多美呀，我醉后的小龙，你那惨白的颜色与静定的眉目，使我想象起你最后解脱时的形容，使我觉着一种逼迫赞美崇拜的激震，使我觉着一种美满的和谐——龙，我的至爱，将来你永诀尘俗的俄顷，不能没有我在你的最近的边旁，你最后的呼吸一定得明白报告这世间你的心是谁的，你的爱是谁的，你的灵魂是谁的！龙呀，你应当知道我是怎样地爱你，你占有我的爱，我的灵，我的肉，我的“整个儿”永远在我爱的身旁旋转着，永久地缠绕着。真的，龙龙，你已经激动了我的痴情。我说出来你不要怕，我有时真想拉你一同死去，去到绝对的死的寂灭里去实现完全的爱，去到普遍的黑暗里去寻求唯一的光明——咳！今晚要是你有一杯毒药在近旁，此时你我竟许早已在极乐世界了。说也怪，我真的不沾恋这形式的生命，我只求一个同伴，有了同伴我就情愿欣欣地瞑目。龙龙，你不是已经答应做我永久的同伴了吗？我再不能放松你，我的心肝，你是我的，你是我这一辈子唯一的成就，你是我的生命，我的诗。你完全是我的，一个个细胞都是我的——你要说半个不字，叫天雷打死我完事。

我在十几个钟头内就要走了，丢开你走了，你怨我忍心不是？我也自认我这回不得不硬一硬心肠，你也明白我这回去是我精神的与知识的“散拿吐瑾”。我受益就是你受益，我此去得加倍地用心，你在这时期内也得加倍地奋斗，我信你的勇气，这回就是你试验、实证你勇气的机会。我人虽走，我的心不离开你，要知道在我与你的中间有的是无形的精神线，彼此的悲欢喜怒此后是会相通的，你信不信？（身无彩凤双飞翼，心有灵犀一点通。）我再也不必嘱咐，你已经有了努力的方向，我预知你一定成功，你这回冲锋上去，死了也是成功！有我在这里，阿龙，放大胆子，上前去吧，彼此不要辜负了，再会！

第八辑

纵浪大化中，无妨大自在

佛的本义是觉悟，是一个动词，是行为，
而不是绝顶的一处宝座。这样，“人人皆可成佛”
就可以理解了，“成”不再是一个终点，
理想中那个完美的状态与人有着永恒的距离，
人即可朝向神圣无止地开步了。

关于命运

——周作人

我近来很有点相信命运。那么难道我竟去请教某法师某星士，要他指点我的流年或终身的吉凶么？那也未必。这些要知道我自己都可以知道，因为知道自己应该无过于自己。我相信命运，所凭的不是吾家易经神课，却是人家的科学术数。我说“命”，这就是个人的先天的质地，今云“遗传”。我说“运”，是后天的影响，今云“环境”。二者相乘的结果就是数，这个字读如数学之数，并非虚无缥缈的话，是实实在在的一个数目，有如从甲乙两个已知数做出来的答案，虽曰未知数而实乃是定数也。要查这个定数须要一本对数表，这就是历史。好几年前我就劝人关门读史，觉得比读经还要紧还有用，因为经至多不过是一套准提咒罢了，史却是一座孽镜台，它能给我们照出前因后果来也。我自己读过一部《纲鉴易知录》，觉得得益匪浅，此外还有《明季南北略》和《明季稗史汇编》，这些也是必读之书，近时印行的《南明野史》可以加在上面，盖因现在情形很像明季也。

日本永井荷风著《江户艺术论》十章，其《浮世绘之鉴赏》第五节论日本与比利时美术的比较，有云："我反省自己是什么呢，我非威耳哈仑（Verhaeren）似的比利时人，而是日本人也，生来就和他们的运命及境遇迥异的东洋人也。恋爱的至情不必说了，凡对于异性之性欲的感觉悉视为最大的罪恶，我辈即奉戴着此法制者也。承受'胜不过啼哭的小孩和地主'的教训的人类也，知道'说话则唇寒'的国民也。使威耳哈仑感奋的那滴着鲜血的肥羊肉与芳醇的葡萄酒与强壮的妇女的绘画，都于我有什么用呢。呜呼，我爱浮世绘。苦海十年为亲卖身的游女的绘姿使我泣；凭倚竹窗茫然看着流水的艺妓的姿态使我喜；卖宵夜面的纸灯寂寞地停留的河边的夜景使我醉。雨夜啼月的杜鹃，阵雨中散落的秋天木叶，落花飘风的钟声，途中日暮的山路的雪，凡是无常无告无望的，使人无端嗟叹此世只是一梦的，这样的一切东西，于我都是可亲，于我都是可怀。"又第三节中论江户时代木版画的悲哀的色彩云："这暗示出那样暗黑时代的恐怖与悲哀与疲劳，在这一点上，我觉得正如闻娼妇啜泣的微声，深不能忘记那悲苦无告的色调。我与现社会相接触，常见强者之极其强暴而感到义愤的时候，想起这无告的色彩之美，因了潜存的哀诉的旋律而将暗黑的过去再现出来，我忽然了解东洋固有的专制的精神之为何，深悟空言正义之不免为愚了。希腊美术发生于以亚坡隆为神的国土，浮世绘则由与虫豸同样的平民之手制作于日光晒不到的小胡同的杂院里。现在虽云时代全已变革，要之只是外观罢了。若以合理的眼光一看破其外皮，则武断政治的精神与百年以前毫无所异。江户木版画之悲哀的色彩至今全无时间的间隔，深深沁入我们的胸底，常传亲密的私语者，盖非偶然也。”荷风写此文时在大正二年（一九一三）正月，已发如此慨叹，二十年后的今日不知更怎么说，近几年的政局正是明治维新的平反，“幕府”复活，不过是一阶级而非一家系的，岂非建久以来七百余年的征夷大将军的威力太大，六十年的尊王攘夷的努力丝毫不能动摇，反而自己没落了么？以上是日本的好例。

我们中国又如何呢？我说现今很像明末，虽然有些热心的文人学士听了要不高兴，其实是无可讳言的。我们且不谈那建夷，流寇，藩镇，宦官以及饥荒等，只说八股和党社这两件事罢。清许善长著《碧声吟馆谈麈》卷四有论八股一则，中有云：“功令以时文取士，不得不为时文。代圣贤立言，未始不是，然就题作文，各肖口吻，正如优孟衣冠，于此而欲徵其品行，觇其经济，真隔膜矣。卢抱经学士云，时文验其所学而非所以为学也，自是通论。至景范之言曰，秦坑儒不过四百，八股坑人极于天下后世，则深恶而痛疾之也。明末东林党祸惨酷尤烈，竟谓天子可欺，九庙可毁，神州可陆沉，而门户体面决不可失，终至于亡国败家而不悔，虽曰气运使然，究不知是何居心也。”明季士大夫结党以讲道学，结社以作八股，举世推重，却不知其于国家有何用处，如许氏说则其为害反是很大。明张岱的意见与许氏同，其《与李砚翁书》云：“夫东林自顾泾阳讲学以来，以此名目祸我国家者八九十年，以其党升沉用占世数兴败，其党盛则为终南之捷径，其党败则为元祐之党碑，风波水火，龙战于野，其血玄黄，朋党之祸与国家相为终始。盖东林首事者实多君子，窜入者不无小人；拥戴者皆为小人，招来者亦有君子。……东林之中，其庸庸碌碌者不必置论，如贪婪强横之王图，奸险凶暴之李三才，闯贼首辅之项煜，上笺劝进之周钟，以至窜入东林，乃欲俱奉之以君子，则吾臂可断决不敢徇情也。东林之尤可丑者，时敏之降闯贼曰，‘吾东林时敏也’，以冀大用。鲁王监国，蕞尔小朝廷，科道任孔当辈犹曰，‘非东林不可进用’，则是东林二字直与蕞尔鲁国及汝偕亡者。”明朝的事归到明朝去，我们本来可以不管，可是天下事没有这样如意，有些痴癫恶疾都要遗传，而恶与癖似亦不在例外，我们毕竟是明朝人的子孙，这笔旧账未能一笔勾销也。——虽然我可以声明，自明正德时始迁祖起至于现今，吾家不曾在政治文学上有过什么作为，不过民族的老账我也不想赖，所以所有一切好坏事情仍然担负四百兆分之一。

我们现在且说写文章的。代圣贤立言，就题作文，各肖口吻，正如优孟衣冠，是八股时文的特色，现今有多少人不是这样的？功令以时文取士，岂非即文艺政策之一面，而又一面即是文章报国乎？读经是中国固有的老嗜好，却也并不与新人不相容，不读这一经也该读别一经的。近来听说有单骂人家读《庄子》《文选》的，这必有甚深奥义，假如不是对人非对事。这种事情说起来很长，好像是专找拿笔杆的开玩笑，其实只是借来作个举一反三的例罢了。万物都逃不脱命运。我们在报纸上常看见枪毙毒犯的新闻，有些还高兴去附加一个照相的插图。毒贩之死于厚利是容易明了的，至于再吸犯便很难懂，他们何至于爱白面过于生命呢？第一，中国人大约特别有一种麻醉享受性，即俗云嗜好。第二，中国人富的闲得无聊，穷的苦得不堪，以麻醉消遣。有友好之劝酬，有贩卖之便利，以麻醉玩弄。卫生不良，多生病痛，医药不备，无法治疗，以麻醉救急。如是乃上瘾，法宽则蔓延，法严则骈诛矣。此事为外国或别的殖民地所无，正以此种癖性与环境亦非别处所有耳。我说麻醉享受性，殊有杜撰生造之嫌，此正亦难免，但非全无根据，如古来的念咒画符、读经惜字、唱皮黄、做八股、叫口号、贴标语皆是也，或以意，或以字画，或以声音，均是自己麻醉，而以药剂则是他力麻醉耳。考虑中国的现在与将来的人士必须要对于他这可怕的命运知道畏而不惧，不讳言，敢正视，处处努力要抓住它的尾巴而不为所缠绕住，才能获得明智，死生吉凶全能了知，然而此事大难，真真大难也。

我们没有这样本领的只好消极地努力，随时反省，不能减轻也总不要去增长累世的恶业，以水为鉴，不到政治文学坛上去跳旧式的戏，庶几下可对得起子孙，虽然对于祖先未免少不肖，然而如孟德斯鸠临终所言，吾力之微正如帝力之大，无论怎么挣扎不知究有何用？日本失名的一句小诗云：“虫呵虫呵，难道你叫着，‘业’便会尽了么？”

神位　官位　心位

——史铁生

有好心人劝我去庙里烧烧香，拜拜佛，许个愿，说那样的话佛就会救我，我的两条业已作废的腿就又可能用于走路了。

我说："我不信。"

好心人说："你怎么还不信哪？"

我说："我不相信佛也是这么跟个贪官似的，你给他上供，他就给你好处。"

好心人说："哎哟，你还敢这么说哪！"

我说："有什么不敢？佛总不能也是'顺我者昌，逆我者亡'吧？"

好心人说："哎哟哎哟，你呀，腿还想不想好哇？"

我说："当然想。不过，要是佛太忙一时顾不上我，就等他有工夫再说吧，要是佛心也存邪念，至少咱们就别再犯一个拉佛下水的罪行。"

好心人苦笑，良久默然，必是惊讶着我的执迷不悟，痛惜着我的无可救药吧。

我忽然心里有点儿怕。也许佛真的神通广大，只要他愿意就可以让我的腿好起来？老实说，因为这两条枯枝一样的废腿，我确实丢失了很多很多我所向往的生活。梦想这两条腿能好起来，梦想它们能完好如初，二十二年了，我以为这梦想已经淡薄或者已经不在，现在才知道这梦想永远都不会完结，一经唤起也还是一如既往地强烈。唯一的改变是我能够不露声色了。不露声色但心里却有点儿怕，或者有点儿慌：那好心人的劝导，是不是佛对我的忠心所做的最后试探呢？会不会因为我的出言不逊，这最后的机缘也就错过，我的梦想本来可以实现但现在已经彻底完蛋了呢？

果真如此吗？

果真如此也就没什么办法：这等于说我就是这么个命。

果真如此也就没什么意思：这等于说世间并无净土，有一双好腿又能走去哪里？

果真如此也就没什么可惜：佛之救人且这般唯亲、唯利、唯蜜语，想来我也是逃得过初一逃不过十五。

果真如此也就没什么可怕——无非又撞见一个才高德浅的郎中，无非又多出一个吃贿的贪官或者一个专制的君王罢了。此“佛”非佛。

当然，倘这郎中真能医得好我这双残腿，倾家荡产我也宁愿去求他一次。但若这郎中偏要自称是佛，我便宁可就这么坐稳在轮椅上，免得这野心家一日得逞，众生的人权都要听其摆弄了。

我既非出家的和尚，也非在家的居士，但我自以为对佛一向是敬重的。我这样说绝不是承认刚才的罪过，以期佛的宽宥。我的敬重在于：我相信佛绝不同于图贿的贪官，也不同于专制的君王。我这样说也绝不是拐弯抹角地恭维。在我想来，佛是用不着恭维的。佛，本不是一职官位，本不是寨主或君王，不是有求必应的神明，也不是可卜凶吉的算命先生。佛仅仅是信心，是理想，是困境中的一种思悟，是苦难里心魂的一条救路。

这样的佛，难道有理由向他行贿和谄媚吗？烧香和礼拜，其实都并不错，以一种形式来寄托和坚定自己面对苦难的信心，原是极为正当的，但若期待现实的酬报，便总让人想起提着烟酒去叩长官家门的景象。

我不相信佛能灭一切苦难。如果他能，世间早该是一片乐土。也许有人会说："就是因为你们这些慧根不足、心性不净、执迷不悟的人闹的，佛的宏愿才至今未得实现。"可是，真抱歉——这逻辑岂不有点儿像庸医无能，反怪病人患病无方吗？

我想，最要重视的当是佛的忧悲。常所谓"我佛慈悲"，我以为即是说，那是慈爱的理想同时还是忧悲的处境。我不信佛能灭一切苦难，佛因苦难而产生，佛因苦难而成立，佛是苦难不尽中的一种信心，抽去苦难佛便不在了。佛并不能灭一切苦难，即是佛之忧悲的处境。佛并不能灭一切苦难，信心可还成立吗？还成立！落空的必定是贿赂的图谋，依然还在的就是信心。信心不指向现实的酬报，信心也不依据他人的证词，信心仅仅是自己的信心，是属于自己的面对苦难的心态和思路。这信心除了保证一种慈爱的理想之外什么都不保证，除了给我们一个方向和一条路程之外，并不给我们任何结果。

所谓“证果”，我久思未得其要。我非佛门弟子，也未深研佛学经典，不知在佛教的源头上证果意味着什么，单从大众信佛的潮流中取此一意来发问：“果”是什么？可以证得的那个“果”到底是什么？是苦难全数地消灭，还是某人独自享福？是世上再无值得忧悲之事，还是某人有幸独得逍遥，再无烦恼了呢？

苦难消灭自然也就无可忧悲，但苦难消灭一切也就都灭，在我想来那与一网打尽同效，目前有的是原子弹，非要去劳佛不可？若苦难不尽，又怎能了无烦恼？独自享福万事不问，大约是了无烦恼的唯一可能，但这不像佛法倒又像贪官庸吏了。

中国信佛的潮流里，似总有官的影子笼罩。求佛拜佛者，常抱一个极实惠的请求。求儿子，求房子，求票子，求文凭，求户口，求福寿双全……所求之事大抵都是官的职权所辖，大抵都是求官而不得理会，便跑来庙中烧香叩首。佛于这潮流里，那意思无非一个万能的大官，且不见得就是清官，徇私枉法乃至杀人越货者竟也去烧香许物，求佛保佑不致东窗事发抑或锒铛入狱。若去香火浓烈的地方做一次统计，保险——因为灵魂不安而去反省的、因为信心不足而去求教的、因为理想认同而去礼拜的——难得有几个。

我想，这很可能是因为中国的神位，历来少为人的心魂而设置，多是为君的权威而筹谋。“君权神授”，当然求君便是求神，求官便是求君了，光景类似于求长官办事先要去给秘书送一点礼品。君神一旦同一，神位势必日益世俗得近于衙门。中国的神，看门、掌灶、理财、配药，管红白喜事，管吃喝拉撒，据说连厕所都有专职的神来负责。诸神如此地务实，信徒们便被培养得淡漠了心魂的方位；诸神管理得既然全面，神通广大且点滴无漏，众生除却歌功颂德以求实惠还能何为？大约就只剩下吃“大锅饭”了。“大锅饭”吃到不妙时，还有一句“此处不养爷”来泄怨，还有一句“自有养爷处”来开怀。神位的变质和心位的缺失相互促进，以致佛来东土也只热衷俗务，单行其“慈”，那一个“悲”字早留在西天。这信佛的潮流里，最为高渺的祈望也还是为来世做些务实的铺陈——今生灭除妄念，来世可入天堂。若问：何为天堂？答曰：无苦极乐之所在。但无苦怎么会有乐呢？天堂是不是妄念？此问则大不敬，要惹来斥责，是慧根不够的征兆之一例。

电视剧《北京人在纽约》，曾引出众口一词的感慨以及嘲骂：“美国也不是天堂！”可，谁说那是天堂了？谁曾告诉你纽约专门是天堂了？人家说那儿也是地狱，你怎么就不记着？这感慨和嘲骂，泄露了国产天堂观的真相：无论急于今生，还是耐心来世，那天堂都不是心魂的圣地，仍不过是实实在在的福乐。福不圆满，乐不周到，便失望，便怨愤，便嘲骂，并不反省，倒运足了气力去讥贬人家。看来，那“无苦并极乐”的向往，单是比凡夫俗子想念得深远：不图小利，要中一个大彩。

就算天堂真的存在，我的智力还是突破不出那个“证果”的逻辑：无苦并极乐是什么状态呢？独自享福则似贪官，苦难全消就又与集体服毒同效。还是那电视剧片头的几句话说得好，那儿是天堂也是地狱。是天堂也是地狱的地方，我想是有一个简称的：人间。就心魂的朝圣而言，纽约与北京一样，今生与来世一样，都必是慈与悲的同行，罪与赎的携手，苦难与拯救一致地没有尽头，因而在地球的这边和那边，在时间的此岸和彼岸，都要有心魂应对苦难的路途或方式。这路途或方式，是佛我也相信，是基督我也相信，单不能相信那是官的所辖和民的行贿。

还有“人人皆可成佛”一说，也作怪，值得探讨。怎么个“成”法儿？什么样儿就算“成”了呢？“成”了之后再往哪儿走？这问题，我很久以来找不到通顺的解答。说“能成”吧，又想象不出成了之后可怎么办；说“永远不能成”吧，又像是用一把好歹也吃不上的草料去逗引着驴儿转磨。所谓终极发问、终极关怀，总应该有一个终极答案、终极结果吧？否则岂不荒诞？

最近看了刘小枫先生的《走向十字架上的真理》，令我茅塞顿开。书中讲述基督性时说：人与上帝有着永恒的距离，人永远不能成为上帝。书中又谈到，神是否存在？神若存在，神便可见、可及乃至可做，难免人神不辨，任何人就都可能去做一个假冒伪劣的神了；神若不存在，神学即成扯淡，神位一空，人间的造神运动便可顺理成章，肃贪和打假倒没了标准。这可如何是好？我理解那书中的意思是说：神的存在不是由终极答案或终极结果来证明的，而是由终极发问和终极关怀来证明的，面对不尽苦难的不尽发问，便是神的显现，因为恰是这不尽的发问与关怀可以使人的心魂趋向神圣，使人对生命取了崭新的态度，使人崇尚慈爱的理想。

“人人皆可成佛”和“人与上帝有着永恒的距离”，是两种不同的生命态度，一个重果，一个重行，一个为超凡的酬报描述最终的希望，一个为神圣的拯救构筑永恒的路途。但超凡的酬报有可能是一幅幻景，以此来维护信心似乎总有悬危。而永恒的路途不会有假，以此来坚定信心还有什么可怕！

这使我想到了佛的本义，佛并不是一个名词，并不是一个实体，佛的本义是觉悟，是一个动词，是行为，而不是绝顶的一处宝座。这样，“人人皆可成佛”就可以理解了，“成”不再是一个终点，理想中那个完美的状态与人有着永恒的距离，人即可朝向神圣无止地开步了。谁要是把自己披挂起来，摆出一副伟大的完成态，则无论是光芒万丈，还是淡泊逍遥，都像是搔首弄姿。“烦恼即菩提”，我信，那是关心，也是拯救。“一切佛法唯在行愿”，我信，那是无终的理想之路。真正的宗教精神都是相通的，无论东方还是西方。任何自以为可以提供无苦而极乐之天堂的哲学和神学，都难免落入不能自圆的窘境。

刹那

——朱自清

我所谓“刹那”，指“极短的现在”而言。在这个题目下面，我想略略说明我对于人生的态度。现在人说到人生，总要谈它的意义与价值；我觉得这种“谈”是没有意义与价值的。且看古今多少哲人，他们对于人生，都曾试作解人，议论纷纷，莫衷一是；他们“各思以其道易天下”，但是谁肯真个信从呢？——他们只有自慰自驱吧！我觉得人生的意义与价值横竖是寻不着的——至少现在的我们是如此——而求生的意志却是人人都有的。既然求生，当然要求好好的生。如何求好好的生，是我们各人“眼前的”最大的问题；而全人生的意义与价值却反是大而无当的东西，尽可搁在一旁，存而不论。因为要求好好的生，断不能用总解决的办法；若用总解决的办法，便是“好好的”三个字的意义，也尽够你一生的研究了，而“好好的生”终于不能努力去求的！这不是走入牛角湾里去了么？

要求好好的生，须零碎解决，须随时随地去体会我生“相当的”意义与价值；我们所要体会的是刹那间的人生，不是上下古今东西南北的全人生！

着眼于全人生的人，往往忘记了他自己现在的生活。他们或以为人生的意义与价值在于过去；时时回顾着从前的黄金时代，涎垂三尺！而不知他们所回顾的黄金时代，实是传说的黄金时代！——就是真有黄金时代，区区的回顾又岂能将它招回来呢？他们又因为念旧的情怀，往往将自己的过去任情扩大，加以点染，作为回顾的资料，惆怅的因由。这种人将在惆怅、惋惜之中度了一生，永没有满足的现在—— 一刹那也没有！惆怅惋惜常与彷徨相伴；他们将彷徨一生而无一刹那的成功的安息！这是何等的空虚呀。着眼于全人生的，或以为人生的意义与价值在于将来，时时等待着将来的奇迹。而将来的奇迹真成了奇迹，永不降临于笼着手，踮着脚，伸着颈，只知道“等待”的人！他们事事都等待“明天”去做，“今天”却专作为等待之用；自然的，到了明天，又须等待明天的明天了。这种人到了死的一日，将还留着许许多多明天“要”做的事——只好来生再做了吧！他们以将来自驱，在徒然的盼望里送了一生，成功的安慰不用说是没有的，于是也没有满足的一刹那！“虚空的虚空”便是他们的运命了！这两种人的毛病，都在远离了现在——尤其是眼前的一刹那。

着眼于现在的人未尝没有。自古所谓“及时行乐”，正是此种。但重在行乐，容易流于纵欲；结果偏向一端，仍不能得着健全的、谐和的发展——仍不能得着好好的生！况且所谓“及时行乐”，往往“醉翁之意不在酒”；不过借此掩盖悲哀，并非真正在行乐。杨恽说，“及时行乐耳，须富贵何时！”明明是不得志时的牢骚语。“遇饮酒时须饮酒，得高歌处且高歌”，明明是哀时事不可为而厌世的话。这都是消极的！消极的行乐，虽属及时，而意别有所寄；所以便不能认真做去，所以便不能体会行乐的一刹那的意义与价值——虽然行乐，不满足还是依然，甚至变本加厉呢！欧洲的颓废派，自荒于酒色，以求得刹那间官能的享乐为满足；在这些时候，他们见着美丽的幻象，认识了自己。他们的官能虽较从前人敏锐多多，但心情与纵欲的及时行乐的人正是大同小异。他们觉到现世的苦痛，已至忍无可忍的时候，才用颓废的方法，以求暂时的遗忘；正如糖面金鸡纳霜丸一般，面子上一点甜，里面却到心都是苦呀！友人某君说，颓废便是慢性的自杀，实能道出这一派的精微处。总之，无论行乐派，颓废派，深浅虽有不同，却都是“伤心人别有怀抱”；他们有意地或无意地企图“生之毁灭”。这是求生意志的消极的表现；这种表现当然不能算是好好的生了。他们面前的满足安慰他们的力量，决不抵他们背后的不满足压迫他们的力量；他们终于不能解脱自己，仅足使自己沉沦得更深而已！他们所认识的自己，只是被苦痛压得变形了的、虚空的自己；绝不是充实的生命，绝不是的！所以他们虽着眼于现在，而实未体会现在一刹那的生活的真味；他们不曾体会着一刹那的意义与价值，仍只是白辜负他们的刹那的现在！

我们目下第一不可离开现在，第二还应执着现在。我们应该深入现在的里面，用两只手揿牢它，愈牢愈好！已往的人生如何的美好，或如何的乏味而可憎；已往的我生如何的可珍惜，或如何的可厌弃，“现在”都可不必去管它，因为过去的已“过去”了。——孔子岂不说：“往者不可谏”么？将来的人生与我生，也应作如是观；无论是有望，是无望，是绝望，都还是未来的事，何必空空地操心呢？要晓得“现在”是最容易明白的；“现在”虽不是最好，却是最可努力的地方，就是我们最能管的地方。因为是最能管的，所以是最可爱的。古尔孟曾以葡萄喻人生：说早晨还酸，傍晚又太熟了，最可口的是正午时摘下的。这正午的一刹那，是最可爱的一刹那，便是现在。事情已过，追想是无用的；事情未来，预想也是无用的；只有在事情正来的时候，我们可以把捉它，发展它，改正它，补充它：使它健全，谐和，成为完满的一段落，一历程。历程的满足，给我们相当的欢喜。譬如我来此演讲，在讲的一刹那，我只专心致志地讲；绝不想及演讲以前吃饭、看书等事，也不想及演讲以后发表讲稿、毁誉等事。——我说我所爱说的，说一句是一句，都是我心里的话。我说完一句时，心里便轻松了一些，这就是相当的快乐了。这种历程的满足，便是我所谓“我生相当的意义与价值”，便是“我们所能体会的刹那间的人生”。无论您对于全人生有如何的见解，这刹那间的意义与价值总是不可埋没的。您若说人生如电光泡影，则刹那便是光的一闪，影的一现。这光影虽是暂时的存在，但是有不是无，是实在不是空虚；这一闪一现便是实现，也便是发展——也便是历程的满足。您若说人生是不朽的，刹那的生当然也是不朽的。您若说人生向着死之路，那么，未死前的一刹那总是生，总值得好好地体会一番的；何况未死前还有无量数的刹那呢？您若说人生是无限的，好，刹那也可说是无限的。无论怎样说，刹那总是有的，总是真的；刹那间好好的生总可以体会的。好了，不要思前想后的了，耽误了“现在”，又是后来惋惜的资料，向谁去追索呀？你们“正在”做什么，就尽力做什么吧；最好的是-ing，可宝贵的-ing呀！你们要努力满足“此时此地此我”！——这叫做“三此”，又叫作刹那。

言尽于此，相信我的，不要再想，赶快去做你今晚的事吧；不相信的，也不要再想，赶快去做你今晚的事吧！

人生问题

——胡适

1903年，我只有十二岁，那年12月17日，有美国的莱特弟兄做第一次飞机试验，用很简单的机器试验成功，因此美国定12月17日为飞行节。12月17日正是我的生日，我觉得我同飞行有前世因缘。我在前十多年，曾在广西飞行过十二天，那时我作了一首《飞行小赞》，这算是关于飞行的很早的一首词。诸位飞过大西洋、太平洋，我在民国三十年[①]，在美国也飞过四万英里，这表示我同诸位不算很隔阂。今天大家要我讲人生问题，这是诸位出的题目，我来交卷。这是很大的问题，让我先下定义，但是定义不是我的，而是思想界老前辈吴稚晖的。他说：人为万物之灵。怎么讲呢？第一：人能够用两只手做东西。第二：人的脑部比一切动物的都大，不但比哺乳动物

① 即1941年。

大，并且比人的老祖宗猿猴的还要大。有这能做东西的两手和比一切动物都大的脑部，所以说人为万物之灵。人生是什么？即是人在戏台上演戏，在唱戏。看戏有各种看法，即对人生的看法叫作人生观。但人生有什么意义呢？怎样算好戏？怎样算坏戏？我常想：人生意义就在我们怎样看人生。意义的大小浅深，全在我们怎样去用两手和脑部。人生很短，上寿不过百年，完全可用手脑做事的时候，不过几十年。有人说，人生是梦，是很短的梦。有人说，人生不过是肥皂泡。其实，就是最悲观的说法，也证实我上面所说人生的有没有意义全看我们对人生的看法。就算他是做梦吧，也要做一个热闹的、轰轰烈烈的好梦，不要做悲观的梦。既然辛辛苦苦地上台，就要好好地唱个好戏，唱个像样子的戏，不要跑龙套。

人生不是单独的，人是社会的动物，他能看见和想象他所看不到的东西，他有能看到上至数百万年下至子孙百代的能力。无论是过去、现在，或将来，人都逃不了人与人的关系。比如这一杯茶就包括多少人的贡献，这些人虽然看不见，但从种茶、挑选，用自来水，自来水又包括电力等，这有多少人的贡献，这就可以看出社会的意义。我们的一举一动，也都有社会的意义，譬如我随便往地上吐口痰，经太阳晒干，风一吹起，如果我有痨病，风可以把病菌带给几个人到无数人。我今天讲的话，诸位也许有人不注意，也许有人认为没道理，也许说胡适之胡说，是瞎说八道，也许有人因我的话而去看看书，也许竟一生受此影响。一句话、一句格言，都能影响人。我举一个极端的例子，两千五百年前，离尼泊尔不远的地方，路上有一个乞丐死了，尸首正在腐烂。这时走来一位年轻的少爷叫Gotama，后来就是释迦牟尼佛，这位少爷是生长于深宫中不知穷苦的，他一看到尸首，问这是什么？人说这是死。他说：噢！原来死是这样子，我们都不能不死吗？这位贵族少爷就回去想这问题，后来跑到森林中去想，想了几年，出来宣传他的学说，就是所谓佛学。这尸身腐烂一件事，就有这么大的影响。飞机在莱特兄弟做试验时，是极简单的东西，经四十年的工夫，多少人的聪明才智，才发展到今天。我们一举一动、一言一行、一点行为都可以有永远不能磨灭的影响。几年来的战争，都是由希特勒的一本《我的奋斗》闯的祸，这一本书害了多少人？反过来说，一句好话，也可以影响无数人。我讲一个故事：民国元年[①]，有一个英国人到我们学堂讲话，讲的内容很荒谬，但他的O字的发音，同普通人不一样，是尖声的，这也影响到我的O字发音，许多我的学生又受到我的影响。在四十年前，有一天我到一外国人家去，出来时鞋带掉了，那外国人提醒了我，并告诉我系鞋带时，把结头底下转一弯就不会掉了，我记住了这句话，并又告诉许多人，如今这外国人是死了，但他这句话已发生不可磨灭的影响。总而言之，从顶小的

① 即1912年。

事情到顶大的像政治、经济、宗教等，我们的一举一动都有不可磨灭的影响，尽管看不见，影响还是有。在孔夫子小时，有一位鲁国人说：人生有三不朽，即立德、立功、立言。立德就是最伟大的人格，像耶稣、孔子等。立功就是对社会有贡献。立言包括思想和文学，最伟大的思想和文学都是不朽的。但我们不要把这句话看得贵族化，要看得平民化，比如皮鞋打结不散、吐痰、O的发音，都是不朽的。就是说：不但好的东西不朽，坏的东西也不朽，善不朽，恶亦不朽。一句好话可以影响无数人，一句坏话可以害死无数人。这就给我们一个人生标准，消极的我们不要害人，要懂得自己行为。积极地要使这社会增加一点好处，总要叫人家得我一点好处。再回来说，人生就算是做梦，也要做一个像样子的梦。宋朝的政治家王安石有一首诗，题目是《梦》，说："知世如梦无所求，无所求心普空寂。还似梦中随梦境，成就河沙梦功德。"不要丢掉这梦，要好好去做！即算是唱戏，也要好好去唱。

剪网

——丰子恺

大娘舅白相了“大世界”回来。把两包良乡栗子在桌子上一放，躺在藤椅子里，脸上现出欢乐的疲倦，摇摇头说：“上海地方白相真开心！京戏、新戏、影戏、大鼓、说书、变戏法，什么都有；吃茶、吃酒、吃菜、吃点心，由你自选；还有电梯、飞船、飞轮、跑冰……老虎、狮子、孔雀、大蛇……真是无奇不有！唉，白相真开心，但是一想起铜钱就不开心。上海地方用铜钱真容易！倘然白相不要铜钱，哈哈哈哈……”

我也陪他“哈哈哈哈……”

大娘舅的话真有道理！“白相真开心，但是一想起铜钱就不开心”，这种情形我也常常经验。我每逢坐船，乘车，买物，不想起钱的时候总觉得人生很有意义，对于制造者的工人与提供者的商人很可感谢。但是一想起钱的一种交换条件，就减杀了一大半的趣味。教书也是如此：同一班青年或儿童一起研究，为一班青年或儿童讲一点学问，何等有意义，何等欢喜！但是听到命令式的上课铃与下课铃，做到军队式的“点名”，想到商贾式的“薪水”，精神就不快起来，对于“上课”的一事就厌恶起来。这与大娘舅的白相大世界情形完全相同。所以我佩服大娘舅的话有道理，陪他一个“哈哈哈哈……”

原来“价钱”的一种东西，容易使人限制又减小事物的意义。譬如像大娘舅所说：“共和厅里的一壶茶要两角钱，看一看狮子要二十个铜板。”规定了事物的代价，这事物的意义就被限制，似乎吃共和厅里的一壶茶等于吃两只角子，看狮子不外乎是看二十个铜板了。然而，实际共和厅里的茶对于饮者的我，与狮子对于看者的我，趣味绝不止这样简单。所以倘用估价钱的眼光来看事物，所见的世间就只有钱一种东西，而更无别的意义，于是一切事物的意义就被减小了。“价钱”，就是使事物与钱发生关系。可知世间其他一切的“关系”，都是足以妨碍事物的本身的存在的真意义的。故我们倘要认识事物的本身的存在的真意义，就非撤去其对于世间的一切关系不可。

大娘舅一定能够常常不想起铜钱而白相大世界，所以能这样开心而赞美。然而他只是撤去“价钱”的一种关系而已。倘能常常不想起世间一切的关系而在这世界里做人，其一生一定更多欢慰。对于世间的麦浪，不要想起是面包的原料，对于盘中的橘子，不要想起是解渴的水果；对于路上的乞丐，不要想起是讨钱的穷人；对于目前的风景，不要想起是某镇某村的郊野。倘能有这种看法，其人在世间就像大娘舅白相大世界一样，能常常开心而赞美了。

我仿佛看见这世间有一个极大而极复杂的网。大大小小的一切事物，都被牢结在这网中，所以我想把握某一种事物的时候，总要牵动无数的线，带出无数的别的事物来，使得本物不能孤独地明晰地显现在我的眼前，因之永远不能看见世界的真相。大娘舅在大世界里，只将其与“钱”相结的一根线剪断，已能得到满足而归来。所以我想找一把快剪刀，把这个网尽行剪破，然后来认识这世界的真相。

艺术、宗教，就是我想找求来剪破这“世网”的剪刀罢！

糊涂一点，潇洒一点

——季羡林

最近一个时期，经常听到人们的劝告：要糊涂一点，要潇洒一点。

关于第一点糊涂问题，我最近写过一篇短文《难得糊涂》。在这里，我把糊涂分为两种，一个叫真糊涂，一个叫假糊涂。普天之下，绝大多数的人，争名于朝，争利于市。尝到一点小甜头，便喜不自胜，手舞足蹈，心花怒放，忘乎所以；碰到一个小钉子，便忧思焚心，眉头紧皱，前途暗淡，哀叹不已。这种人滔滔者天下皆是也。他们是真糊涂，但并不自觉。他们是幸福的，愉快的，愿老天爷再向他们降福。

至于假糊涂或装糊涂，则以郑板桥的“难得糊涂”最为典型。郑板桥一流的人物是一点也不糊涂的。但是现实的情况又迫使他们非假糊涂或装糊涂不行。他们是痛苦的。我祈祷老天爷赐给他们一点真糊涂。

谈到潇洒一点的问题，首先必须对这个词儿进行一点解释。这个词儿圆融无碍，谁一看就懂，再一追问就糊涂。给这样一个词儿下定义，是超出我的能力的。还是查一下词典好。《现代汉语词典》的解释是：“（神情、举止、风貌等）自然大方，有韵致，不拘束。”看了这个解释，我吓了一跳。什么“神情”，什么“风貌”，又是什么“韵致”，全是些抽象的东西，让人无法把握。这怎么能同我平常理解和使用的“潇洒”挂上钩呢？我是主张模糊语言的，现在就让“潇洒”这个词儿模糊一下吧。我想到中国六朝时代一些当时名士的举动，特别是《世说新语》等书所记载的，比如刘伶的“死便埋我”，什么“雪夜访戴”，等等，应该算是“潇洒”吧。可我立刻又想到，这些名士，表面上潇洒，实际上心中如焚，时时刻刻担心自己的脑袋。有的还终于逃不过去，嵇康就是一个著名的例子。

写到这里，我的思维活动又逼迫我把“潇洒”，也像“糊涂”一样，分为两类：一真一假。六朝人的潇洒是装出来的，因而是假的。

这些事情已经俱往矣，不大容易了解清楚。我举一个现代的例子。20世纪30年代，我在清华读书的时候，一位教授（姑隐其名）总想充当一下名士，潇洒一番。冬天，他穿上锦缎棉袍，下面穿的是锦缎棉裤，用两条彩色丝带把棉裤紧紧地系在腿的下部。头上头发也故意不梳得油光发亮。他就这样飘飘然走进课堂，顾影自怜，大概十分满意。在学生们眼中，他这种矫揉造作的潇洒，却是丑态可掬，辜负了他一番苦心。

同这位教授唱对台戏的——当然不是有意的——是俞平伯先生。有一天，平伯先生把脑袋剃了个精光，高视阔步，昂然从城内的住处出来，走进了清华园。园中几千人中这是唯一的一个精光的脑袋，见者无不骇怪，指指点点，窃窃私议，而平伯先生则全然置之不理，照样登上讲台，高声朗诵宋代名词，摇头晃脑，怡然自得。朗诵完了，连声高呼："好！好！就是好！"此外再没有别的话说。古人说："是真名士自风流。"同那位教英文的教授一比，谁是真风流，谁是假风流；谁是真潇洒，谁是假潇洒，昭然呈现于光天化日之下。

这一个小例子，并没有什么深文奥义，只不过是想辨真伪而已。

为什么人们提倡糊涂一点潇洒一点呢？我个人觉得，这能提高人们的和为贵的精神，大大地有利于安定团结。

写到这里，这一篇短文可以说是已经写完了。但是，我还想加上一点我个人的想法。

当前，我国举国上下，争分夺秒，奋发图强，巩固我们的政治，发展我们的经济，期能在预期的时间内建成名副其实的小康社会。哪里容得半点糊涂、半点潇洒！但是，我们中国人一向是按照辩证法的规律行动的。古人说："文武之道，一张一弛。"有张无弛不行，有弛无张也不行。张弛结合，斯乃正道。提倡糊涂一点潇洒一点，正是为了达到这个目的的。